L'amour à vendre

57,58,62,87,86,

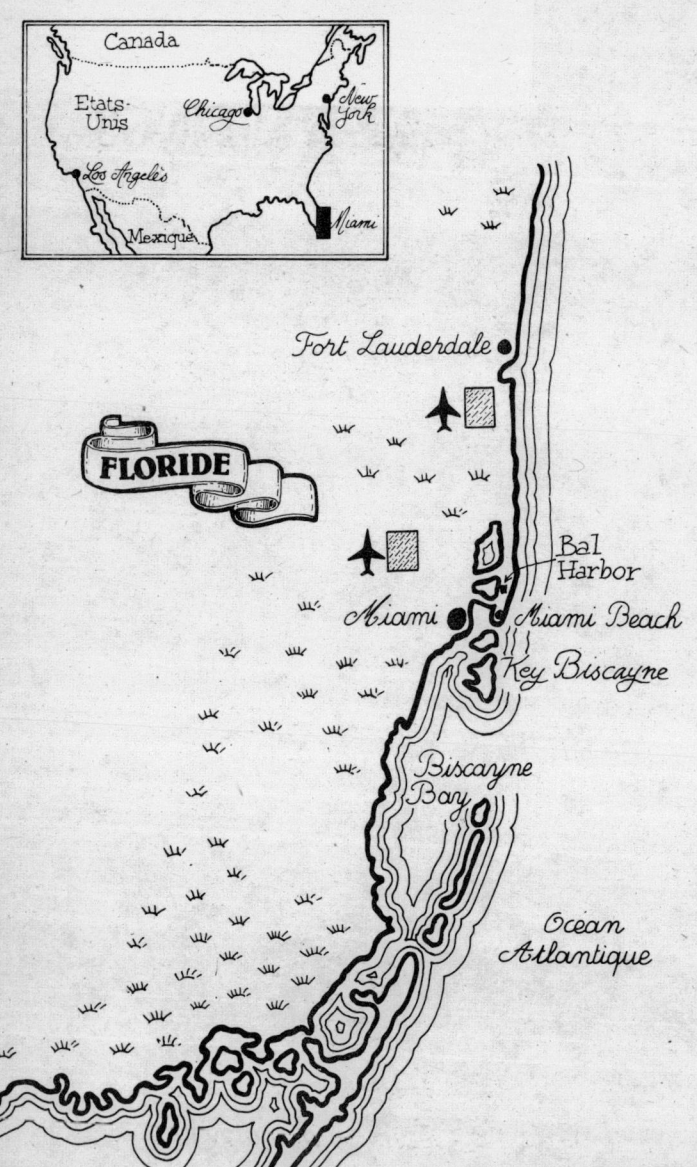

Canada

Etats-Unis

Chicago

New York

Los Angeles

Mexique

Miami

Fort Lauderdale

FLORIDE

Bal Harbor

Miami

Miami Beach

Key Biscayne

Biscayne Bay

Océan Atlantique

BROOKE HASTINGS

L'amour
à vendre

Le temps d'un livre
Le temps d'un rêve

Titre original : *Playing for Keeps*
© 1980, Brooke Hastings
Originally published by Silhouette Books
a Simon & Schuster division of Gulf
& Western Corporation, New York

Traduction française de : Frédéric Lasaygues
© 1981, Éditions J'ai Lu
31, rue de Tournon, 75006 Paris

1

– Mon Dieu! s'écria Nikki Warren d'une voix encore ensommeillée.

Elle regarda d'un air alarmé la petite pendule de chevet qui marquait 7 h 33 et, à contrecœur, elle se tira du lit. Lundi matin. Son week-end avait été épuisant : elle avait passé son temps à aller et venir entre l'hôpital où se trouvait sa mère et la boutique que celle-ci possédait dans le quartier. Mais, plus qu'une simple fatigue physique, ce que Nikki ressentait c'était un horrible sentiment d'impuissance et de découragement.

Elle était habituée à mener sa vie de façon rationnelle et décidée, ne se reposant que sur elle-même. Mais, à vingt-trois ans, Nicole Warren se rendait compte qu'elle était incapable de prendre son avenir en main... encore moins celui d'une autre personne. Elle ne pouvait même pas arrêter ce flot continu de pensées qui l'avait tenue éveillée cette nuit et bien d'autres nuits. Et voilà que, ce matin, elle allait être en retard au travail.

L'hiver avait été particulièrement rigoureux à New York cette année-là. Si l'on en croyait le calendrier, le printemps serait là dans deux semaines et, pourtant, les trottoirs étaient encore glacés, les ruelles à demi recouvertes de neige. Une tempête venue du Canada s'était abattue sur la ville vendredi dernier, accumulant plus de dix centimètres de neige fraîche dans les rues. Pour se protéger du froid vif et pénétrant, Nikki enfila un pull à col roulé beige et une veste lie-de-vin assortie à son pantalon. Elle mit aux pieds une paire de bottes en fourrure noire qui n'étaient peut-être pas très jolies mais qui lui tenaient chaud, jeta dans un sac des chaussures à talons plats qu'elle emporterait avec elle puis noua ses cheveux en un chignon serré. Nikki s'était maquillée très légèrement, mais en vérité son visage n'en n'avait pas besoin.

Elle avala un verre de jus d'orange. Mais il était trop tard pour qu'elle se prépare un sandwich pour l'heure du déjeuner. Elle passa son manteau, se coiffa d'un bonnet de ski et sortit. Il était 7 h 50.

Nikki descendit le trottoir glissant jusqu'à la station de métro, dévala les marches et déboucha sur le quai : un métro express démarrait juste. Elle attendit sur le quai que balayait un vent glacé, maudissant la rame suivante qui traversa la station sans même ralentir.

Un métro s'arrêta enfin mais il était bondé. Résignée, Nikki se fraya un chemin à travers la foule compacte. Elle se sentait comme une petite sardine dans une grosse boîte.

Coincée au milieu de cette cohue, elle observait les voyageurs... Est-ce que l'un d'eux avait déjà pensé à cambrioler une banque? Probablement pas.

Mais aucun n'était sans doute aussi désemparé qu'elle. Elle avait vu les économies de sa mère fondre comme neige au soleil tandis que les frais d'hospitalisation ne cessaient d'augmenter. Et après ça, il faudrait encore payer les soins...

Mme Warren avait perdu son mari six ans auparavant d'une crise cardiaque. Nikki n'était alors qu'une collégienne de dix-sept ans. Les Warren avaient une petite boutique de cadeaux dans le Bronx, au nord de Manhattan. Son mari mort, Pamela Warren continua à s'occuper du magasin comme auparavant. Cette petite affaire leur permettait de vivre confortablement, sans plus. Quand Nikki était entrée à l'université, sa mère avait engagé une vendeuse à mi-temps.

Nikki aurait voulu s'inscrire dans une université de la ville où l'enseignement était peu coûteux, mais sa mère avait insisté pour qu'elle entre dans une école privée de grand renom : elle paierait les frais grâce à l'assurance-vie de son père. La jeune fille avait accepté, excitée à l'idée de suivre des cours dans un établissement aussi prestigieux. De plus, de brillantes études lui permettraient d'obtenir ensuite un travail bien rémunéré. Elle était bonne élève et mettait un point d'honneur à ce que sa mère soit fière d'elle. Elle passait le plus clair de son temps à étudier et était toujours dans les premières.

Au sortir de l'université, Nikki avait trouvé un emploi au *New York Sun*, l'un des plus importants journaux de la ville, au service des petites annonces. Le travail n'était pas vraiment passionnant, mais elle avait de bonnes chances d'être promue ensuite à un poste plus intéressant.

Elle avait loué un petit appartement non loin du journal, en plein centre de Manhattan. Le studio comprenait une kitchenette, une salle de bains et un living-room. Nikki préférait être un peu à l'étroit plutôt que de partager un appartement avec une personne étrangère.

Tout semblait aller à merveille. Après huit mois, elle avait demandé et obtenu un poste au service du personnel. Elle aimait beaucoup ce nouveau travail et prenait surtout plaisir à interviewer et tester les demandeurs d'emploi.

Et puis, il y a un mois, Pamela Warren avait été victime d'un accident vasculaire, comme disaient les médecins, c'est-à-dire d'un infarctus. Elle n'avait pas d'assurance médicale et était encore trop jeune pour être prise en charge par le gouvernement. Pendant les premières vingt-quatre heures, Mme Warren fut plongée dans un coma profond et Nikki, saisie de panique, pensa à tout, sauf aux problèmes d'argent. Il lui fallut veiller sa mère à l'hôpital, parler aux médecins, trouver quelqu'un qui puisse l'aider à la boutique. La première semaine se passa en allées et venues continuelles entre l'hôpital, la boutique, son travail et son appartement. Nikki était comme anesthésiée par le choc et l'épuisement. Le fait de perdre son père à dix-sept ans avait été assez pénible. L'idée qu'elle pouvait à présent perdre sa mère lui était intolérable.

Quand Pamela Warren avait commencé à reprendre des forces, plus rapidement que prévu, Nikki avait quitté son appartement pour aller s'installer chez sa mère. C'était plus près de l'hôpital et de la boutique, sinon des bureaux du *New York Sun*. Depuis, elle avait le sentiment que sa vie était un véritable chemin de croix.

Quand le métro s'arrêta à la 42ème rue, la nature optimiste de Nikki avait déjà repris le dessus. Elle se laissa entraîner dans le flot des voyageurs, se faufilant entre les taxis, les autobus et les voitures. Après tout, la seule chose qui importait, c'était que sa mère aille mieux. Si sa santé continuait à s'améliorer à ce rythme, d'ici deux semaines elle pourrait quitter l'hôpital. Quant à Nikki, elle trouverait bien un moyen de régler les frais d'hospitalisation... Oui, tout allait s'arranger...

8 h 45 au cinquième étage, Nikki sortit de l'ascenseur en coup de vent et ouvrit précipitamment la porte de son bureau. Elle faillit entrer en collision avec Erika Berger. Les deux jeunes filles travaillaient ensemble. Erika avait un sens de l'humour typiquement new-yorkais et elles étaient bien vite devenues amies.

Erika haussa les sourcils.

– Enfin te voilà prise en faute! Mais ne panique quand même pas! Tu ne seras pas fusillée à l'aube pour un quart d'heure de retard!

– M. Martens s'est aperçu de quelque chose? murmura Nikki, haletante.

– Evidemment! répondit Erika d'un ton moqueur. Il remarque toujours où tu es et où tu n'es pas. Il est inquiet, mais il n'est pas en colère.

Elle posa sa main sur l'épaule de Nikki en signe d'amitié.

– Vas-y, pour qu'il voie que son employée favorite est encore en vie!

Nikki sentit son visage s'empourprer. Elle ne pouvait plus ignorer les regards d'admiration que lui lançait son patron. Elle savait qu'elle était jolie. Déjà enfant, elle avait appris à connaître le pouvoir de ses grands yeux couleur émeraude qu'elle avait exercé sur son père. Depuis longtemps, elle s'était habituée à entendre les habituels compliments que les hommes faisaient sur sa bouche qui, disaient-ils, appelait les baisers. Elle pouvait aussi faire la moue d'une façon particulièrement ravissante quand elle le voulait.

Mais elle ne s'était servie d'aucun de ses charmes pour attirer l'attention de Ron Martens. En des temps aussi libérés, pensait Nikki, il fallait être une arriviste ou une idiote pour s'amuser à sortir avec son propre patron.

Elle ôta son manteau, changea de chaussures et se rendit dans le bureau de M. Martens.

– Bonjour! lui lança-t-il.

Il se renversa paresseusement dans son fauteuil.

– Je craignais qu'une voiture vous ait renversée dans Times Square.

– Non. Il ne m'est rien arrivé de si dramatique, répondit-elle. Je me suis seulement réveillée en retard. Je suis désolée.

L'expression de Ron Martens, qui avait été jusqu'ici chaleureuse et souriante, devint soudain sérieuse.

– Ne faites pas une tête pareille. Le *New York Sun* ne va pas faire faillite parce que Nikki Warren est en retard un jour par an. Dites-moi, maintenant, comment va votre mère?

C'était là une preuve d'intérêt et elle mit à lui répondre un peu plus de chaleur dans son regard. Il se pencha au-dessus de son bureau pour l'écouter, et Nikki regretta aussitôt d'avoir laissé échapper un signe d'encouragement, même aussi minime. Elle fixa un point imaginaire derrière lui et répliqua avec un entrain forcé :

– Ça va un peu mieux. Son état s'améliore plus vite qu'on pouvait l'espérer. Elle ne se remettra jamais tout à fait, mais elle pourra mener une vie normale. Merci, monsieur Martens.

– Je vous ai dit que vous pouviez m'appeler Ron, insista-t-il. Tout le monde le fait ici.

Nikki resta silencieuse. Ron Martens avait assez d'expérience pour comprendre le sens de cette froideur. Il décida de changer de sujet.

– Jack est malade aujourd'hui. Ça ne vous ennuierait pas d'aller déjeuner un peu plus tôt? Disons à 11 h 45. Je crois que c'est son heure habituelle.

– Entendu, dit-elle. C'est tout?

– Malheureusement oui, répondit son patron avec un petit sourire.

Nikki rougit un peu et sortit en toute hâte. De retour dans son bureau, elle trouva une tasse de café chaud et un beignet qui l'attendaient. Son manteau avait été soigneusement accroché. Elle se laissa tomber sur sa chaise et se tourna vers Erika.

– Merci. Je mourais de faim. Je n'ai pas eu le temps de manger ce matin. Je pense que je n'ai plus qu'à te pardonner cette mauvaise plaisanterie au sujet du patron.

– Ce n'est pas une mauvaise plaisanterie. C'est vrai, répliqua Erika. Il te regarde comme si tu étais la princesse de ses rêves. D'ailleurs, tu le sais très bien.

Les deux jeunes filles se mirent au travail. Elles devaient engager des vendeurs par téléphone : le numéro du dimanche allait comporter un supplément consacré tout spécialement au Connecticut. On espérait que le journal prendrait ainsi une importance considérable dans cet Etat. La campagne publicitaire, centralisée dans les bureaux de New York, avait pour but de recruter de nouveaux abonnés.

Il était 11 h 45 quand Nikki s'arrêta enfin. Elle était épuisée. Il était à peu près aussi facile de trouver quelqu'un qui se sente capable de vendre le *Sun* dans le Connecticut, que quelqu'un qui puisse vendre des chasse-neige dans le désert. Elle expliqua à sa collègue qu'elle devait aller déjeuner un peu plus tôt et elle prit l'ascenseur jusqu'au dixième étage où se trouvait la cafétéria.

Les repas étaient à des prix raisonnables : c'était là un des grands avantages de sa situation. Les yeux de Nikki s'illuminèrent en voyant une délicieuse salade de crevettes. Ça allait la changer des sandwiches qu'elle avait l'habitude de se préparer pour faire des économies.

La salle à manger était déjà pleine de monde. Un rire familier attira son attention. En se retournant elle aperçut deux de ses anciennes camarades du service des petites annonces. Elles gloussaient de rire et lui faisaient de grands signes.

– Eh, étrangère! lança Beth Brown.

Sally Corelli, qui était assise à côté d'elle, lui cria :

– Si tu veux bien rire, viens t'asseoir avec nous!

Nikki approcha sans se presser, affectant l'indifférence. Elle posa son plateau sur la table et dit d'un ton sec :

– Est-ce que les petites annonces sont devenues si drôles depuis que je ne travaille plus avec vous? Je suis sûre qu'on doit vous entendre jusqu'au bureau du directeur.

Sally prit un air hautain.

– Si tu le prends sur ce ton, tu ne sauras rien sur la petite annonce qui est arrivée ce matin. Il faudra que tu la cherches toi-même dans tout le journal.

– C'est bon, répondit Nikki en riant. Qu'est-ce que c'est? Une offre d'emploi? « Cherche acteur rôle principal film porno »? ou « A vendre : pont de Brooklyn »?

Beth respira profondément et, prenant un air grave, elle commença à réciter : « Offre d'emploi : Célibataire, ch. jeune femme, 21-26 ans, jolie, intelligente, bonne santé, pour faire enfant. $5000 tout de suite. $10 000 à la conception. $25 000 à la naissance. Envoyer curriculum vitae, photo.

– Et il y a un numéro de boîte postale.

Nikki avait l'air très sceptique.

– C'est vous qui l'avez inventée, s'écria-t-elle enfin.

– Pas du tout, répliqua Sally. L'annonce a été envoyée par un avocat pour le compte d'un de ses clients. Avec un chèque. Je ne crois pas que ce soit une blague. Ce que je ne comprends pas, c'est pourquoi ce type ne trouve pas une femme comme tout le monde!

Les trois jeunes filles restèrent pensives un moment.

– Il doit être handicapé ou difforme. Personne ne veut de lui, hasarda Beth en prenant un air désolé.

– Ou bien il est trop vieux pour changer ses habitudes de célibataire, mais il veut quand même un héritier, lança Sally avec un sourire narquois.

12

Tout en mâchant sa salade, Nikki suggéra, d'un air rêveur :

– Peut-être qu'il n'aime pas les femmes. Il préfère un homme dans son lit mais il veut tout de même être père... Tout ça peut fort bien se régler dans le cabinet d'un médecin.

Beth éclata de rire.

– Je l'espère bien! Quelle femme voudrait se retrouver dans le lit d'un vieillard bossu qui n'aime pas les femmes?

– Pour tout cet argent, répondit Nikki froidement, il doit y avoir beaucoup de candidates.

En elle-même, elle ajouta : Qui sait? Moi-même peut-être...

Elles changèrent de conversation et se mirent à parler boutique jusqu'à ce que Nikki se lève pour retourner à son travail. Mais en quittant la cafétéria, elle pensait encore à cette incroyable annonce. $40 000! C'était assez pour payer toutes les notes d'hôpital. Il fallait considérer la chose rationnellement et froidement. Elle n'aurait jamais à rencontrer cet homme. Sa situation ne serait pas compromise. Elle avait vu le cas au journal d'une secrétaire qui avait eu un enfant avec un homme marié. Tout le monde avait été très chic avec elle et, quatre semaines après l'accouchement, elle était de retour au travail. Elle n'avait eu à subir aucune critique ou plaisanterie de la part de ses collègues. Après tout, l'ère victorienne était depuis longtemps révolue.

Tout à coup, Nikki eut un sursaut. Est-ce qu'elle devenait folle? Elle qui à vingt-trois ans avait certainement moins d'expérience que la plupart des filles de dix-huit ans, comment pouvait-elle envisager d'avoir un enfant d'un quelconque farfelu? Elle fit un effort pour revenir à la réalité : elle avait assez de problèmes comme ça sans y ajouter le dérangement mental! Elle secoua violemment la tête et rentra dans son bureau.

Comme il était à prévoir, le reste de la journée fut très mouvementé. Quelques-uns des demandeurs d'emploi, ne pouvant être interviewés faute de temps, furent renvoyés au lendemain. Il était à présent 4 h 30. Au moment de partir Erika dit à Nikki d'une voix inquiète :

– Tu as l'air éreinté. Tu as besoin de te détendre un peu. On joue un vieux film muet dans mon quartier. Demande donc à ta mère si elle ne voit pas d'inconvénient à ce que tu viennes dîner à la maison. Il y a une éternité que nous n'avons pas bavardé ensemble. Après, nous irons au cinéma et je te reconduirai chez toi en voiture.

Nikki lui fut reconnaissante de son invitation, mais elle tenait absolument à passer deux ou trois heures avec sa mère après le travail. Elle répondit évasivement :

– Je vais voir. Tu sais que je n'aime pas laisser maman toute seule le soir. Merci, de toute façon.

Elle arriva à l'hôpital après avoir grignoté quelque chose chez elle. Elle ne prenait même plus le temps d'apprécier ce qu'elle mangeait. Elle se forçait à avaler un sandwich ou une boîte de conserve quelconque parce qu'il fallait bien se nourrir. Elle ne pouvait plus se permettre de perdre du poids. Elle avait déjà maigri de cinq kilos alors qu'elle était déjà plutôt mince de nature.

En chemin, Nikki s'était répété une fois de plus combien, dans son malheur, sa mère avait eu de la chance. En effet, elle avait été frappée de malaise dans sa boutique, à deux rues de *Bronx River Hospital*. Une cliente, infirmière de profession, qui se trouvait là par hasard, avait aussitôt soupçonné qu'il s'agissait d'une attaque et appelé l'hôpital sans tarder.

Bronx River Hospital passait pour l'un des

meilleurs établissements de la ville de New York. Les médecins étaient d'un haut niveau de compétence. Nikki avait souvent besoin qu'on lui traduise certains des termes savants qu'ils utilisaient, mais ils étaient malgré tout simples et compréhensifs. La chambre de sa mère, située dans le nouveau bâtiment Hannah Cragun, était propre et accueillante.

Pamela Warren eut une expression un peu inquiète en voyant entrer sa fille. Elle s'efforça de sourire. Son élocution n'avait pas été trop affectée par la maladie. Elle parlait lentement mais clairement, comme si elle devait longuement préparer ses mots avant de les dire.

Elle prit la main de Nikki dans la sienne et la serra très fort.

— Nicole... S'il te plaît... mange... repose-toi... Tu as l'air... épouvantable!

— Oh, maman! répondit-elle gentiment. Je suis un peu fatiguée, c'est tout. J'ai eu une journée très chargée au journal. Mais je n'ai sûrement pas l'air... *épouvantable*!

— Si! insista sa mère.

Nikki ne protesta plus et poussa un soupir.

— Tu es la deuxième personne qui me gronde aujourd'hui. D'abord Erika et maintenant toi. Je vais être obligée de vous écouter.

— Bien, dit Mme Warren d'un air satisfait.

— Alors, ça ne t'ennuie pas si je vais dîner avec elle demain? Nous irons au cinéma et elle me raccompagnera. Elle vit à Yonkers. Elle prend le train pour venir au bureau mais elle a une voiture.

Nikki vit une lueur de soulagement dans les yeux de sa mère.

— Je m'inquiète..., dit tristement Pam Warren. Si tu étais mariée...

— Pamela Beale Warren, essayez-vous de faire du chantage? demanda Nikki d'un ton accusateur. Parce que si c'est ça, malade ou pas, ça ne marchera pas.

Elle savait bien que, pour sa mère, elle resterait éternellement la petite fille dont elle essuyait les larmes et qu'elle prenait sur ses genoux pour la consoler. Mme Warren n'arrivait pas à se faire à l'idée que Nikki était maintenant une adulte, capable de prendre soin d'elle-même, même si en ce moment, à voir son air épuisé, elle y réussissait plus ou moins bien. De toute façon, elle n'avait pas besoin d'un homme autoritaire pour diriger sa vie.

Mais, inutile de s'engager dans une polémique féministe. L'endroit et le moment ne s'y prêtaient guère. Nikki chercha simplement à rassurer sa mère.

– Quand l'homme qu'il me faut se montrera, alors, je me marierai. Mais il n'a pas encore fait son apparition. Rassure-toi. Je te promets qu'un jour tu auras des petits-enfants.

La voyant fatiguée, Nikki l'embrassa doucement en lui souhaitant de passer une bonne nuit.

– Sois contente, je rentre me reposer. A mercredi.

En chemin, moitié marchant, moitié courant à cause du froid, Nikki pensait à ce qu'elle avait dit à sa mère à propos de ses petits-enfants. Sur une soudaine impulsion, elle s'arrêta au drugstore et acheta un numéro du *Sun* pour voir si cette annonce absurde dont lui avaient parlé Sally et Beth s'y trouvait vraiment.

De retour chez elle, elle se mit à feuilleter rapidement le journal jusqu'aux pages réservées aux petites annonces. Le texte était là en effet, rédigé en gros caractères. Nikki se dit que cela amuserait certainement sa mère de le voir. Elle le découpa et le glissa dans son portefeuille.

Le lendemain soir, la jeune fille riait aux larmes sur son siège de cinéma en regardant *Little*

Tramp. Elle bénissait Erika d'avoir eu cette merveilleuse idée.

Elles avaient décidé de voir le film d'abord et
d'aller dîner ensuite. En sortant du cinéma, Nikki
remercia son amie de sa gentillesse.

– Je crois que j'avais besoin de rire une bonne
fois. Et toi qui dis que je suis trop maigre! Avec
tous ces pop-corn que j'ai avalés, je vais prendre
au moins deux kilos. Tu sais, Erika, depuis un
moment, j'ai l'impression que le monde se
referme sur moi. J'avais oublié que la vie continue et qu'on s'en sort tous, tant bien que mal.
Après tout, si ce petit vagabond se débrouille
aussi bien, pourquoi pas moi?

– Tu es une vraie philosophe! s'exclama Erika,
légèrement sarcastique. Espèrons que ça va
durer. Mais demain, tu seras probablement de
nouveau en train de pleurer sur tes problèmes
d'argent. Il te faudrait quelqu'un pour partager
tes ennuis.

– Il y a toi, Erika, répondit Nikki avec chaleur.
Ça me fait du bien de pouvoir te parler.

Son amie lui lança un regard timide.

– Je sais que tu es fille unique, mais tu n'as
pas d'autre famille? Ou des amis de tes parents?

Nikki secoua la tête.

– Maman a quelques bons amis qui viennent la
voir et se relaient pour garder la boutique. Mais
ils n'ont pas assez d'argent pour en prêter. La
sœur de ma mère et son mari sont retirés en
Floride. Ils ont un fils qui poursuit ses études de
médecine en Californie. Tu sais ce que ça coûte...
Et le frère de mon père vit dans l'Etat de
Washington. Je l'ai rencontré seulement une fois,
il y a des années. Papa et lui ne se sont jamais
bien entendus, même enfants. Comme tu vois, je
ne peux compter que sur moi-même.

Erika décida qu'il était grand temps de donner
un tour plus léger à la conversation.

– Tu devrais parler de tes problèmes à Ron Martens, dit-elle sur le ton de la plaisanterie. Il ne demande qu'à t'écouter!

– Oh non, Erika! Ne commence pas avec ça, se plaignit Nikki.

Elle comprenait très bien qu'Erika la faisait marcher mais elle était disposée à se laisser faire.

– De toute évidence il t'adore. Si tu l'encourageais seulement un petit peu... continua Erika avec un petit sourire malicieux.

– L'encourager! s'écria Nikki. Ce matin je lui ai lancé un regard amical et c'est tout juste s'il n'a pas escaladé le bureau qui nous séparait. Je me demande ce qui se passerait si je battais des cils!

– Il te demanderait en mariage, répliqua son amie. Il est à la recherche d'une seconde Mme Martens. S'il me regardait comme il te regarde, je serais aux anges.

– Eh bien, pas moi! dit Nikki d'un ton ferme. Je l'aime bien, mais je n'en veux ni comme amoureux ni surtout comme mari. Et puis, c'est une mauvaise idée de mêler les affaires au plaisir.

Erika secoua la tête d'un air moqueur.

– Bon, j'ai compris : tu ne veux pas parler de Ron Martens. Allez viens, une bonne soupe au poulet, c'est le remède qu'il te faut.

– Très drôle! dit Nikki.

Mais elle se mit à rire.

Les deux jeunes femmes commandèrent leur soupe, un steak, une demi-bouteille de vin et une tarte aux pommes avec de la glace. Tout à fait détendue, Nikki se mit à parler avec émotion de ses parents qui avaient été si proches l'un de l'autre et du choc que lui avait causé la mort de son père. Il avait succombé à une crise cardiaque après que sa voiture eut été réduite en miettes par un conducteur ivre et sans assurance. En retour, Erika lui raconta des histoires de son enfance et de son adolescence.

Plus tard, dans son lit, Nikki pensait encore à sa soirée. Ses côtes lui faisaient mal tellement elle avait ri. Les deux jeunes filles étaient devenues plus proches par le fait de s'être confiées l'une à l'autre. Nikki savait à présent qu'elle avait en Erika une amie sûre en qui elle pouvait avoir confiance. Elle ne lui avait raconté qu'une partie de ce qui la préoccupait, mais c'était assez pour qu'elle se sente plus légère. Pour la première fois depuis longtemps, elle s'endormit presque immédiatement, un sourire aux lèvres.

Pendant les jours qui suivirent, le bureau prit l'allure d'une salle des urgences un soir de Nouvel An. Le téléphone sonnait constamment. Bientôt, le service du personnel dut interrompre les interviews et orienter les demandeurs d'emploi vers d'autres possibilités. Malgré son intense activité, Nikki était heureuse. Elle avait meilleur appétit et sa mère allait mieux. Le fait de voir sa fille de si bonne humeur y était sans doute pour beaucoup. Nikki allait devoir passer son week-end à faire l'inventaire de la boutique, mais même cela ne parvenait pas à entamer sa gaieté.

A 4 h 45 du matin, vendredi, le téléphone sonna. Nikki décrocha, affolée. A une heure pareille il ne pouvait s'agir que d'une mauvaise nouvelle. En effet, Mme Warren venait d'être victime d'une seconde attaque. Sa vie n'était pas menacée, mais le médecin de service priait Nikki de venir à l'hôpital aussi rapidement que possible.

Lorsqu'elle arriva, le docteur lui expliqua que cet « épisode », moins dangereux que le premier, allait cependant retarder la guérison. On était en train de procéder à divers examens.

Nikki arpentait nerveusement le couloir. Finalement, elle descendit au restaurant de l'hôpital et avala une tasse de thé et des toasts. Après quelques heures passées encore à attendre, elle décida d'aller au travail : elle ne pouvait rien faire pour le moment. Le médecin savait où la joindre. D'ailleurs ils en sauraient probablement davantage dans la soirée.

Au milieu de la matinée, une certaine Mlle Sands, du service de la comptabilité de l'hôpital, appela Nikki au journal, elle était désolée d'ennuyer Nikki dans un moment aussi difficile. Les infirmières étaient bouleversées par cette attaque subite qui venait de terrasser sa mère. Mais elle devait déjà $2200 et la note allait encore monter. Comment avait-elle l'intention de payer?

Nikki, d'un ton calme et assuré, lui affirma qu'elle allait s'en occuper. Mais en vérité, que pouvait-elle bien faire?

Son patron lui proposa de lui donner sa journée mais Nikki refusa. Le désœuvrement aurait été bien pire encore.

Chaque vendredi, elle déposait sa paye hebdomadaire à la banque la plus proche, gardant seulement sur elle un peu d'argent liquide. Alors qu'elle glissait deux billets de vingt dollars dans son portefeuille, un morceau de papier s'en échappa : c'était l'annonce qu'elle avait découpée dans le journal quatre jours plus tôt. Elle l'avait complètement oubliée!

Les nouvelles que lui communiqua le médecin n'étaient guère encourageantes. La malade n'avait subi aucune atteinte grave, mais tout était à recommencer depuis le début.

Mme Warren avait la volonté de guérir et Nikki fut encore une fois stupéfaite par son courage. Quand elle en vint à parler des frais, Nikki lui affirma effrontément qu'il n'y avait aucun problème. En fait, Mme Warren n'avait aucune idée du coût actuel des soins. Les frais d'hôpitaux avaient considérablement augmenté ces dernières années et toutes ses économies avaient été englouties depuis longtemps.

Ce soir-là, Nikki, déprimée et épuisée après sa dure journée au travail et les heures passées au chevet de sa mère, sortit la petite annonce de son portefeuille. L'ayant relue, elle rédigea un curriculum vitae et chercha une photo récente d'elle dans l'album de sa mère. Elle agissait dans un état second, dans une confusion totale de sentiments, ne sachant absolument plus où elle en était.

Machinalement, elle glissa les documents dans une enveloppe, écrivit l'adresse, colla un timbre et déposa la lettre dans sa boîte pour que le facteur la ramasse le lendemain matin. C'est seulement après qu'elle prit conscience de ce qu'elle venait de faire et des conséquences qui pouvaient en résulter.

Un instant elle en resta horrifiée. Comment avait-elle pu imaginer qu'elle serait capable de conclure un pareil marché? Puis, elle finit par se détendre : après tout, elle n'avait encore rien conclu et elle n'entendrait probablement jamais parler de cet individu ni de son homme de loi. Elle éclata d'un rire nerveux, libérant enfin la tension qu'elle avait accumulée pendant ces dernières vingt-quatre heures.

2

La semaine suivante, Nikki se décida à sous-louer son appartement. Deux loyers à la fois c'était impossible, même avec les bénéfices de la boutique. L'argent qu'elle arrivait à économiser suffisait tout juste à payer quelques journées d'hôpital. A regret, elle vendit quelques bijoux qui lui venaient de sa grand-mère et convertit en argent liquide trois actions qu'elle possédait. Sa mère l'aurait certainement désapprouvée mais elle n'avait pas le choix. Erika insista également pour lui prêter un peu d'argent. Nikki arriva ainsi à réunir à peu près la moitié de ce qu'on lui demandait. Provisoirement, c'était suffisant.

C'est dans ces circonstances que Nikki apprit à apprécier vraiment ses collègues de bureau. Ils essayaient tous de l'aider. Quant à son patron, il lui donnait du travail de simple routine ou des tâches faciles, comme les interviews auxquelles elle prenait toujours un réel plaisir.

Mme Warren, une fois de plus, surprenait les médecins par l'énergie indomptable qu'elle employait à sa propre guérison. On l'avait déjà levée et elle insistait maintenant pour savoir quand elle serait capable de marcher toute seule. Sa seconde attaque n'avait pas altéré son moral. A voir sa mère si gaie et si confiante, Nikki elle-même devenait plus optimiste.

Elle était préoccupée par le fait de n'avoir pu procéder à l'inventaire de la boutique le week-end précédent. Sur le moment, il lui avait paru plus important de tenir compagnie à sa mère. Mais maintenant, il fallait absolument qu'elle se mette au travail, autrement le stock allait baisser et ce n'était certainement pas le moyen de faire des bénéfices.

Jeudi après-midi, l'interphone sonna dans son bureau.

– Un appel pour vous, Nikki, ligne 3.

Elle appuya sur le bouton.

– Nicole Warren à l'appareil. Que puis-je pour vous?

– Ne quittez pas, lui répondit une voix féminine. Je vous passe M. Morris.

M. Morris? Nikki ne parvenait pas à placer un visage sur ce nom.

– Mademoiselle Warren, commença l'inconnu d'une voix aimable. Mon nom est Charles Morris. Je suis avocat et je représente le client qui a fait paraître l'annonce à laquelle vous avez répondu. J'aimerais vous parler. Pourriez-vous passer à mon bureau?

Nikki eut comme la nausée. Il fallait que cela arrive juste au moment où elle commençait à reprendre sa vie en main! Il ne restait plus qu'à lui dire qu'elle avait changé d'avis...

– Euh, oui..., balbutia-t-elle. Je veux dire, non... C'est-à-dire, j'ai bien répondu à l'annonce mais cela ne m'intéresse plus.

– Pourquoi ne viendriez-vous pas jusqu'ici me raconter tout ça, mademoiselle Warren? Personne ne va vous forcer la main, répondit tranquillement Charles Morris.

– Il n'y a rien à raconter. C'était un coup de tête... Enfin, c'est une longue histoire, dit-elle, incapable de trouver ses mots.

– Vous préféreriez, peut-être, que je vienne

vous voir? proposa M. Morris, tout prêt à lui faciliter les choses.

– Non! s'écria Nikki, horrifiée.

Pourquoi refusait-il de comprendre qu'elle regrettait d'avoir répondu à cette maudite annonce? Si elle n'avait pas craint qu'il vienne la relancer en personne, Nikki lui aurait raccroché au nez.

– Alors, insista-t-il calmement, à votre bureau ou chez vous?

Nikki n'avait pas le choix : elle devait voir M. Morris et lui expliquer qu'elle avait commis tout simplement une erreur.

– Je viendrai, dit-elle, résignée. Où et à quelle heure?

Il commençait à neiger quand elle quitta le journal. Elle avait décidé d'aller à pied chez l'avocat, les autobus étant bondés à cette heure-là. Mais les flocons de neige fondaient aussitôt qu'ils touchaient le trottoir et elle n'avait pas envie d'arriver complètement trempée. Se sentant coupable, à cause de la dépense, elle héla un taxi et essaya de se détendre tandis que la voiture se faufilait dans le flot de la circulation.

Les bureaux de Morris, Clayborne et Chase se trouvaient dans un immeuble élégant de la Cinquième Avenue. Comme c'est pratique, se dit Nikki. S'ils étaient en avance, les clients de M. Morris pouvaient toujours aller faire un tour chez *Tiffany*, le grand magasin de la bijouterie de luxe, et faire l'emplette de quelques diamants supplémentaires... Souriant encore de sa plaisanterie, elle s'arrêta devant une porte à double battant. Elle hésitait à entrer. Et si elle lui faisait faux bond? M. Morris ne la relancerait peut-être jamais plus? Mais tandis qu'elle réfléchissait, la porte s'ouvrit devant un homme aux cheveux grisonnants qui l'accueillit avec un sourire.

– Mademoiselle Warren?

– Oui, marmonna Nikki d'une voix étranglée.

– Je suis Charles Morris. L'immeuble est pourvu d'un système de sécurité équipé de caméras. Je vous ai reconnue d'après la photo que vous m'avez envoyée. Si je puis me permettre, elle ne vous rend pas justice! Entrez, entrez! Il n'y a personne à cette heure-ci. J'ai pensé que nous serions plus tranquilles pour parler.

Il fit passer Nikki dans un magnifique bureau meublé à l'ancienne et lui désigna un canapé de velours bleu.

– Voulez-vous un verre de sherry, ou préférez-vous du vin?

Ouvrant un placard qui masquait un réfrigérateur, il en sortit une bouteille de vin blanc. Nikki acquiesça de la tête : elle avait besoin de quelque chose pour se donner du courage. Charles Morris avait l'air d'un homme prêt à tout pour obtenir ce qu'il voulait.

Nikki but une gorgée de vin tout en se disant qu'elle devait bien faire attention : si elle abusait de cette boisson, elle serait capable d'ajouter encore quelques bêtises à celles qu'elle avait déjà commises. Elle jeta un coup d'œil inquiet à l'avocat qui avait pris place à côté d'elle.

– Alors, un peu plus détendue, maintenant?

– Pas vraiment, répondit-elle franchement.

– Allons-y malgré tout, parce que je suis assez pressé. Votre curriculum est impressionnant. Vos notes à l'université prouvent que vous êtes une jeune femme intelligente et, en plus, vous êtes ravissante. Je fais confiance à ce que vous indiquez en ce qui concerne votre santé. Vous avez une bonne situation, vous ne mourez pas de faim. J'en déduis donc que, pour une raison ou une autre, vous avez un terrible besoin d'argent.

– Vous êtes très perspicace, dit Nikki en esquissant un sourire maladroit et en avalant une gorgée de vin.

– Les avocats doivent l'être. M'expliquerez-vous pourquoi? demanda-t-il aimablement.

– Je n'y tiens pas, avoua-t-elle.

Comme son verre était vide, elle le tendit à M. Morris.

– Est-ce que je peux avoir encore un peu de vin?

– Bien sûr. Servez-vous.

Nikki se versa à boire d'une main tremblante; elle faillit tout renverser quand il lui demanda brusquement :

– Quand pouvez-vous rencontrer mon client?

– Le rencontrer? fit-elle en s'étranglant à moitié. Mais... même si j'avais accepté de... enfin... Je ne pensais pas qu'il voudrait rencontrer la femme qui...

Elle s'interrompit. « Oh, seigneur, se dit-elle, je suis dans de beaux draps! »

Charles Morris parut ne pas remarquer son expression désespérée. Sa voix se fit douce et cajôleuse.

– Mademoiselle Warren, j'ai déjà parlé de vous à mon client et il est très impatient de vous voir. Bien sûr, c'est à lui qu'appartient la décision finale. Je suis chargé seulement du tri. Vous n'imaginez pas le nombre de personnes sérieuses qui ont répondu à cette annonce.

Nikki regarda par la fenêtre. La nuit tombait. Soudain, la curiosité prit le dessus sur le bon sens.

– Monsieur Morris, j'aimerais vous poser une question.

– Allez-y.

– Je crois que j'ai le droit d'en savoir un peu plus sur votre client. Enfin, en supposant que je sois intéressée... je ne comprends pas pourquoi il a besoin de louer un corps de femme pour avoir un enfant. Pourquoi ne se marie-t-il pas comme tout le monde?

– J'ai bien peur de ne pas pouvoir vous répondre. Je ne suis pas autorisé à parler de mon client, mais vous pourrez lui demander tout ce que vous voudrez quand vous le rencontrerez. Je suis persuadé qu'il sera enchanté d'en discuter avec vous. Allez-y. Vous aurez au moins eu le plaisir de le connaître. Et rien ne vous empêche ensuite de dire non.

Il avait raison. Nikki commençait à sentir une légère ivresse lui tourner la tête. Pourquoi n'irait-elle pas? Elle pourrait toujours en rire après.

— Peut-être, fit-elle tout haut après un moment de réflexion. Si vous m'assurez que je ne serai pas kidnappée.

Charles Morris se mit à rire.

— Vous n'avez rien à craindre. Vous avez vraiment vingt-trois ans? Vous paraissez si jeune...

Le ton léger qu'il employait mettait Nikki à l'aise. Elle répondit du tac au tac :

— Oui, j'ai vingt-trois ans. Du moins, c'est ce que ma mère m'a dit.

— C'est parfait!

De toute évidence Charles Morris était satisfait : il n'avait pas perdu sa demi-heure de travail.

— L'immeuble de mon client se trouve sur la Sixième Avenue. Ce n'est pas très loin du *Sun*, dit-il en lui tendant le morceau de papier où il avait inscrit l'adresse.

— Il n'est pas en ville en ce moment, mais il sera de retour lundi, continua-t-il. Nous pourrions fixer le rendez-vous pour... disons mardi à 5 heures?

— J'espère que vous avez bien compris que je n'ai pas du tout l'intention de faire *ça*, dit Nikki d'une voix qu'elle voulait assurée.

Le visage de M. Morris s'épanouit en un large sourire.

— Maintenant, c'est le problème de mon client. Mon travail consistait seulement à vous persuader de le rencontrer. Mais honnêtement, je dois vous avouer qu'il était décidé à vous voir. Si vous aviez refusé d'y aller de vous-même...

Il s'interrompit en haussant les épaules.

– Dans ce cas, enchaîna Nikki, votre client a certainement quelque chose en commun avec vous! Qui dois-je demander?

– Simplement le bureau 3001, répondit Charles Morris. Vous me promettez que vous irez?

– Pourquoi pas? J'ai hâte de voir ce mystérieux personnage. J'ai eu une vie trop protégée jusqu'à présent!

C'était vrai. Elle, d'habitude si sage, si raisonnable, se sentait étrangement téméraire aujourd'hui. Et pas seulement à cause du vin : la maladie de sa mère lui avait ouvert les yeux sur l'incertitude et la fragilité de la vie. Pour une fois, en vingt-trois ans, elle pouvait bien se permettre d'être aventureuse et de faire quelque chose qui sorte de l'ordinaire. Après tout, M. Morris avait compris qu'elle ne voulait pas avoir ce bébé. Elle irait voir son client pour satisfaire sa curiosité et pour pouvoir tout raconter ensuite à Beth et Sally. Elles en riraient sûrement pendant des mois.

Les jours qui suivirent furent d'une lenteur et d'une monotonie exaspérantes. Nikki avait beaucoup moins de travail au bureau et, l'esprit plus libre, elle passait la plus grande partie de son temps à s'interroger sur l'identité de « l'homme mystérieux ». Elle n'avait raconté l'incident à personne, pas même à Erika : ce comportement était si contraire à sa nature qu'elle aurait dû entrer dans des explications qu'elle ne se sentait pas d'humeur à donner. Maintenant, toute l'histoire lui apparaissait comme une vaste blague, un coup de tête. Mais au moins, pendant les cinq jours qui la séparaient de sa rencontre avec le client de M. Morris, elle n'avait pas songé une seconde à ses problèmes financiers, et elle attendait son rendez-vous en s'amusant à l'avance.

Chaque matin, Ron Martens lui demandait des nouvelles de sa mère. Il était vraiment gentil et, avec ses cheveux blonds et ses yeux gris, il était plutôt beau garçon. Nikki savait qu'il lui aurait suffi d'un sourire pour se faire inviter à dîner. Mais elle n'en fit rien. Elle n'avait pas la tête à ça pour le moment.

Si la seconde attaque dont avait été victime sa mère n'était pas aussi grave que la première, elle nécessitait cependant plusieurs semaines de traitement supplémentaires. Cela allait coûter une petite fortune. Les docteurs avaient prévenu Nikki qu'il fallait encore compter six à huit semaines de soins, même si la santé de Mme Warren continuait à s'améliorer à ce rythme.

Comme elle se l'était promis à elle-même, Nikki passa le samedi et le dimanche à faire l'inventaire de la boutique, à remplir des bons de commande et à régler les factures qui s'étaient accumulées.

Le mardi après-midi, elle téléphona à la comptabilité de l'hôpital. Elle était bien décidée à trouver un terrain d'entente avec eux afin de ne pas être tentée d'accepter la ridicule proposition de « l'homme mystérieux ». Que Dieu lui vienne en aide si cet individu savait être aussi persuasif que son homme de loi! Mais elle ne se laisserait pas faire. Elle irait, lui expliquerait qu'elle avait changé d'avis et l'affaire en resterait là. Elle ne se souviendrait de cette histoire que pour la raconter un jour à ses enfants.

Une voix, à l'autre bout du fil, déclarait :

– Ne vous inquiétez pas, mademoiselle Warren. Il n'y a plus aucun problème. La question est réglée.

Très étonnée, Nikki remercia et raccrocha. On avait sans doute vérifié son crédit auprès de sa banque et, ses références étant excellentes, on avait décidé de patienter.

Il faisait un froid vif ce jour-là, mais le ciel était sans nuages. Nikki se rendit à pied jusqu'à la Sixième Avenue et s'arrêta devant un gratte-ciel dont l'architecture audacieuse lui coupa le souffle. Elle vérifia l'adresse : c'était bien là.

L'immeuble était aménagé avec goût. Une énorme sculpture en acier occupait le centre du hall. Il y avait aussi une fontaine dont les jets d'eau s'entrecroisaient d'une manière étrangement compliquée. Tout autour, une douzaine d'arbres et de plantes vertes humanisaient cette atmosphère de verre et d'acier.

Sur la liste affichée près de l'ascenseur, elle trouva le *Central Atlantic Industries Building*. Le bureau 3001 était celui de la direction commerciale.

C'est Sally qui avait raison, songea Nikki. Bien sûr, elle avait entendu parler de la CAI : c'était l'une des plus prestigieuses compagnies du pays dont les activités s'étendaient à tous les domaines de la technologie moderne. « L'homme mystérieux » devait être un membre du conseil d'administration ou même un directeur à la retraite. Sans doute jamais marié, il pensait à présent à assurer sa descendance. Elle allait faire perdre son temps à un vieillard... Mais elle avait promis...

En sortant de l'ascenseur elle déboucha dans la salle de réception, vaste espace meublé de façon moderne et fonctionnelle et décoré de plantes vertes. Elle s'approcha d'une jolie femme aux cheveux roux qui trônait derrière un bureau.

– Mon nom est Nicole Warren. J'ai rendez-vous à 5 heures.

« Et si vous me demandez avec qui, ajouta-t-elle en son for intérieur, je vous répondrai que vous en savez au moins autant que moi ! »

– Mais oui, fit la jeune femme en souriant. Je vous attendais, mademoiselle Warren. Prenez ce couloir et suivez-le jusqu'au bout. Vous trouverez une porte ouverte. Entrez. Il ne va pas tarder.

Nikki remercia poliment et suivit ses instructions.

Jusqu'ici, tout ça l'amusait assez mais, en entrant dans le bureau, elle commença à trembler : jamais elle n'avait vu une pièce pareille... Elle était pleine de tapis d'Orient, d'objets d'art chinois et pré-colombiens, de meubles recouverts de tapisseries...

Mon Dieu, songea-t-elle, il doit être vraiment très riche... Elle s'avança jusqu'à un bureau d'acajou que n'encombrait aucun papier : ou bien cet homme était un maniaque de l'ordre ou alors il n'avait rien à faire. Elle penchait pour la seconde hypothèse. C'était peut-être un ancien président du conseil d'administration à la retraite?

Elle alla jusqu'à la fenêtre qui donnait sur l'avenue et regarda en bas la danse folle des voitures et des piétons. Elle ne s'était pas aperçue que quelqu'un venait d'entrer. Enfin, elle entendit une voix moqueuse.

– Vous admirez le panorama? Ou bien vous préparez-vous à sauter?

Elle se retourna et resta bouche bée. L'homme avait un peu plus de trente ans, grand (au moins 1 m 90), avec des cheveux foncés qui avaient besoin d'une bonne coupe et des yeux bleus. C'était sans aucun doute le plus bel homme qu'elle ait jamais vu. Ses traits étaient d'une régularité parfaite, mis à part son nez qui était légèrement tordu, comme s'il avait été cassé. Sa bouche, d'une finesse extrême, esquissait pour le moment un sourire cynique. Nikki avait l'impression qu'elle l'avait déjà aperçu quelque part, mais elle ne pouvait pas se rappeler où ni quand. Il lui semblait impossible que ce soit là son « homme mystérieux ».

Il la détrompa sans tarder.

– Vous avez fini de m'examiner? demanda-t-il. Evidemment, ce n'est pas tous les jours que vous rencontrez le futur père de votre enfant.

C'est en vain que Nikki essaya de dissimuler sa stupéfaction.

– Qui êtes-vous? fit-elle d'une voix tremblante. Votre avocat, M. Morris, n'a pas voulu me dire votre nom.

Il ignora sa question et s'avança vers elle d'une démarche souple et pleine d'aisance.

– Permettez-moi de vous aider à retirer votre manteau, Nikki.

Elle n'aimait ni sa familiarité ni ses façons autoritaires, mais elle le remercia néanmoins. Il semblait trop redoutable pour qu'elle se fâche déjà avec lui.

– Je veux simplement voir ce qui se cache là-dessous, continua-t-il.

Il la regarda de la tête aux pieds, comme si elle était une bête curieuse. Elle portait une nouvelle robe de couleur crème et des bottes marron, avec un collier et un bracelet dorés. Lorsqu'elle s'était regardée dans la glace avant de partir, elle avait eu l'impression de paraître plus mûre, plus femme. Mais à présent, sous ce regard qui la scrutait, elle se sentait absolument nue. Sans aucun doute, c'était ainsi qu'il se la représentait...

Le peu d'assurance qu'elle avait conservé s'évanouit quand il lui dit, l'air blasé :

– Pas mal. Un peu étroite pour avoir des enfants, cependant... (Il fit une pause puis reprit :) Ah oui, vous vouliez savoir mon nom. Michael Cragun. Je suis vraiment déçu que vous ne m'ayez pas reconnu!

Michael Cragun! Le président de la CAI. Elle avait souvent vu sa photo dans les journaux. C'était l'un des célibataires les plus en vue de tout New York. Elle le connaissait en effet mais elle ne lui ferait pas le plaisir de le lui dire. Au lieu de cela, elle lui lança froidement :

– Vous êtes toujours aussi arrogant? Ou bien est-ce un jeu qui m'est particulièrement destiné?

Il eut un sourire dévastateur.

– Ne vous emballez pas, Nikki. Asseyez-vous là, répliqua-t-il en lui désignant un divan profond.

Elle obéit machinalement, subjuguée par son air d'autorité naturelle. Mais elle se reprit bien vite, décidée à s'expliquer une fois pour toutes.

– M. Morris a dû vous dire que..., commença-t-elle, le souffle court.

Mais Michael Cragun l'interrompit tout de suite.

– Ne mêlez pas Charlie à tout ça. Son rôle est terminé.

Qu'à cela ne tienne, se dit Nikki. C'est moi qui mettrai les points sur les i.

– Je n'ai pas l'intention de le faire, vous savez. Je me suis rétractée.

– C'est ce que nous verrons, répondit-il tranquillement en lui tournant le dos.

Piquée au vif par sa brutalité, elle résolut d'être également brutale.

– Mais pourquoi moi? Et pourquoi avez-vous besoin d'une étrangère pour avoir un enfant? lança-t-elle d'un ton de défi. Vous êtes riche, vous êtes célèbre... Il doit y avoir des milliers de femmes qui rêvent de vous épouser. Pourquoi ne vous mariez-vous pas comme tout le monde?

Ignorant cet accès de colère, il alla chercher tranquillement un plateau avec une bouteille de vin et deux verres déjà remplis. Elle prit celui qu'il lui tendit, évitant de le regarder en face.

– Ça vous calmera peut-être, fit-il d'un air moqueur. Mettons les choses au point. C'est *moi* qui vous ai engagée, c'est *moi* qui pose les questions.

Sûrement pas, voulut-elle rétorquer, parce que

je m'en vais d'ici. Mais aucun son ne sortit de sa bouche. Michael Cragun reprit, du ton le plus naturel :

– Je suppose que vous avez déjà eu un bon nombre d'amants, autrement vous ne seriez pas là. Avez-vous déjà été enceinte ?

Exaspérée de son assurance et de sentir qu'elle perdait de plus en plus la sienne, elle se raidit.

– Ça ne vous regarde pas, dit-elle brutalement.

Mais en son for intérieur, elle était bien obligée de reconnaître que sa question était parfaitement légitime.

Ce fut un soulagement lorsqu'il s'assit enfin. Elle aurait préféré qu'il ne s'asseye pas juste à côté d'elle. Il était tellement grand qu'elle avait l'impression d'être dominée et se sentait comme une enfant récalcitrante. D'un air méprisant il lui prit le menton, la forçant à tourner son visage vers lui. Elle tressaillit, repoussa sa main et lui lança un regard furibond.

– Répondez à ma question, Nikki, fit-il d'un ton menaçant.

– D'accord, siffla-t-elle entre ses dents. La réponse est non. La jument que vous avez devant vous n'a encore jamais mis bas !

Il éclata de rire.

– Un bon point pour vous, Nikki ! Mais ne croyez pas que vous allez sortir vainqueur de ce petit jeu. Vous jouez contre un champion imbattable.

« Mon Dieu, se dit-elle, quelle prétention incroyable ! »

– Je n'ai pas l'intention de gagner, monsieur Cragun, parce que je n'ai pas l'intention de jouer.

Michael Cragun prit un air tellement ennuyé et indifférent que Nikki ne put s'empêcher de le provoquer.

– J'ai répondu à votre stupide annonce par

34

défi. C'était une plaisanterie, lança-t-elle hors d'elle. Mes amies et moi nous nous demandions qui avait pu avoir une idée aussi bizarre. Beth prétendait que vous deviez être handicapé ou difforme; or, apparemment vous ne l'êtes pas, même si vous avez l'esprit un peu dérangé. Sally pensait qu'il s'agissait sans doute d'un vieillard qui désirait un héritier. Et moi...

Elle hésita : peut-être allait-elle vraiment trop loin.

– Allez-y! Je trouve toutes ces hypothèses passionnantes!

Le ton moqueur qu'il continuait à employer énerva Nikki au point qu'elle se lança imprudemment.

– En dépit des apparences, dit-elle d'une voix sarcastique, j'en conclus que j'avais raison. Vous ne voulez pas avoir d'enfant de la façon la plus normale parce que les femmes ne vous attirent pas. Vous préférez la compagnie des hommes.

Triomphante, Nikki se leva, prête à partir. Mais Michael Cragun l'attrapa par le bras et la força à se rasseoir. Posant sa bouche sur la sienne, d'une manière intentionnellement rude et brutale, il l'embrassa sans passion, comme s'il désirait l'insulter. Nikki essaya de garder ses lèvres serrées, mais, sans pitié, il les força à s'ouvrir. Elle tenta de le repousser mais il était trop fort et il la tenait fermement par les épaules tandis qu'elle se débattait. Finalement, le baiser odieux prit fin, mais il ne lui lâcha pas le bras.

Nikki avait l'impression qu'elle venait d'être violentée. Ses lèvres lui faisaient mal et, plus que tout, elle était furieuse. Tremblante de rage, elle s'écria :

– Lâchez-moi! Je veux sortir d'ici!

Michael Cragun, s'appuyant négligemment au dossier rembourré du divan, posa ses pieds sur la table basse. Il semblait parfaitement détendu. Ce baiser ne l'avait certainement pas ému; bien au contraire, il paraissait n'avoir eu aucun effet sur lui.

– Et votre mère? demanda-t-il d'une voix traînante.

Nikki eut un choc. Elle n'avait dit à personne ce qui l'avait poussée à répondre à l'annonce. Il ne lui laissa pas le temps de retrouver ses esprits.

– Qui va payer ses frais d'hospitalisation?

Elle respira profondément. Au moins, elle avait une réponse toute prête à cette question.

– Je ne sais pas comment vous avez appris tout ça, mais c'est réglé. L'hôpital a accepté d'attendre.

– C'est exact, dit-il d'un ton neutre. C'est réglé parce que j'ai tout réglé et parce que j'ai demandé qu'à l'avenir on m'envoie les factures. A propos, j'ai fait en sorte que votre mère soit installée dans une chambre privée et j'ai fait appel à mon propre spécialiste. Le moment venu, votre mère sera admise dans le meilleur centre de rééducation de New York. Je vous assure qu'il est difficile de faire entrer un patient au *March Institute*.

Nikki fixait Michael Cragun, complètement stupéfaite. Elle ne savait ni que dire ni que faire. L'idée que quelqu'un pouvait ainsi prendre en charge ses intérêts les plus personnels, sans sa permission et sans même qu'elle en soit avertie, était proprement aberrante. Soudain, elle eut peur de Michael Cragun.

Il lui lâcha le bras et alla jusqu'à son bureau. Tirant un dossier d'un tiroir, il le jeta sur la table.

– Allez! commanda-t-il. Ouvrez-le.

Tentant désespérément de réprimer les tremblements qui la secouaient, elle obéit. Elle faillit se sentir mal en voyant la masse de documents qui la concernaient. Il y avait là non seulement la copie de tous ses bulletins scolaires, mais des entretiens avec ses professeurs et ses camarades de classe, un rapport sur l'état de ses finances, des détails sur la maladie de sa mère et bien d'autres choses encore.

Michael Cragun l'observait d'un œil impassible.

– Vous ne pensiez tout de même pas que j'allais vous engager sans avoir pris auparavant quelques renseignements?

Bien qu'elle fût au bord du malaise, Nikki avait encore l'énergie de lutter. Son visage était en feu, mais elle parvint à prendre un ton neutre.

– Je ne sais pas où vous avez eu toutes ces informations. Il y a là des choses confidentielles. C'est consternant de s'apercevoir que les gens sont prêts à vous trahir de la sorte. Mais je suppose que quand on occupe une situation comme la vôtre, on obtient des choses inaccessibles pour de simples mortels comme moi. De toute manière, cela m'est bien égal. Ma mère guérira sans l'aide de vos savants docteurs et moi, je préfère encore me retrouver sur le trottoir plutôt que d'accepter un centime de vous.

Ce discours ne parut pas affecter Michael Cragun le moins du monde. Nikki se dit qu'elle avait rêvé cette lueur d'admiration qu'elle avait cru apercevoir dans ses yeux.

– Je vous ai déjà dit que vous n'aviez aucune chance de sortir vainqueur de ce petit jeu, Nikki.

Il sourit comme si ses réflexions l'amusaient considérablement. Après un silence, il reprit d'une voix nonchalante.

– Votre mère a été transférée dans un nouveau bâtiment de l'hôpital. Vous rappelez-vous, Nikki, le nom qu'il porte?

Cette façon subite de changer de sujet la dérouta.

– Quelle importance? demanda-t-elle sèchement.

Mais elle s'arrêta net. Le nom venait de lui revenir. C'était le pavillon Hannah Cragun.

Il poursuivit d'un ton détaché :

– Mon père a fait sa fortune dans les matières plastiques. La Central Atlantic Industry a été bâtie autour de sa première affaire. Mais depuis, le champ s'est élargi. Nous sommes propriétaires maintenant, aussi bien de studios de cinéma que d'hôtels ou d'usines d'automobiles, en passant par bien d'autres choses. Bien sûr, aujourd'hui, nous sommes en société. Mais la famille en a gardé le contrôle. Le pavillon Hannah Cragun porte le nom de ma grand-mère. En remerciement de soins attentifs lors d'une opération du cœur, il y a quelques années. C'est mon père qui l'a voulu. Soit dit en passant, il fait partie du comité de direction de l'hôpital. (Il but quelques gorgées de vin.) C'est vous dire que ma famille ne manque pas d'influence. Si vous refusiez mon aide, vous pourriez avoir à faire face à de graves ennuis.

Nikki fixait le sol, pétrifiée. Non, une chose pareille ne pouvait pas lui arriver à elle. Allait-elle enfin se réveiller? Elle demanda doucement :

– Monsieur Cragun, êtes-vous en train de me menacer de faire chasser ma mère de l'hôpital?

– Je ne fais aucune menace, déclara-t-il avec brusquerie.

Si ce ne sont pas là des menaces, se dit Nikki, de quoi s'agit-il? De chantage?

– Je veux simplement que vous compreniez bien la situation. Le magasin de votre mère, par exemple. Le bail prend fin dans deux mois. Si quelqu'un d'autre que moi achetait l'immeuble, on pourrait lui augmenter son loyer, ou encore ne pas lui renouveler son bail. Quant à vous, en ce qui concerne votre travail... j'ai quelques amis au *Sun.*

38

– Voilà qui est effrayant, dit Nikki, saisissant au vol la perche qui lui était tendue. Je suis syndiquée. On ne peut pas me licencier juste parce que vous...

– Qui vous dit que je n'ai pas aussi des amis au syndicat? l'interrompit-il.

– Vous avez l'air d'oublier que c'est pour un journal que je travaille. Si les reporters que je connais avaient vent de cette histoire...

Il s'empressa de terminer sa phrase.

– Ils ne la publieraient pas. Je vous l'ai déjà dit, j'ai des amis au *Sun*.

Nikki resta silencieuse. Michael Cragun avait beau être riche et puissant, pouvait-il vraiment mettre à exécution toutes ses menaces? Et même s'il le pouvait, pourquoi se donner tant de mal? Ce n'étaient pas les femmes qui lui manquaient. A en croire les potins, elles ne demandaient pas mieux.

Il se leva et vint s'asseoir à côté d'elle, sur le divan, interrompant le cours de ses pensées.

– Nikki...

Elle se raidit aussitôt, s'efforçant de ne pas le regarder.

– Nicole...

Nicole... Seule sa mère l'avait jamais appelée ainsi. Ses yeux se remplirent soudain de larmes.

Sentant qu'elle faiblissait, Michael poussa son avantage et dit presque gentiment :

– Soyez bonne joueuse. Reconnaissez les faits et laissez-moi prendre soin de tout pour vous. Avouez qu'il ne vous serait pas désagréable de ne plus avoir de soucis d'argent et de laisser quelqu'un d'autre s'occuper de l'affaire de votre mère.

Il sortit son portefeuille.

– Voilà. C'est un chèque de 5 000 dollars. En plus des frais médicaux, bien sûr. Prenez-le.

Nikki regardait le chèque, libellé à son nom.

Elle hocha silencieusement la tête, essayant de maîtriser sa panique. Tout à coup, elle songea au stratagème qui lui avait toujours réussi avec les hommes. Levant sur Michael Cragun ses yeux verts à l'expression charmante et vulnérable, elle le fixa avec insistance. Elle porta légèrement en avant sa lèvre inférieure, qui tremblait sous le choc et l'indignation. Elle allait se lancer dans un plaidoyer à fendre le cœur pour sa liberté quand elle vit sur le visage de Michael apparaître un grand sourire qui, pour la première fois, n'avait rien de cynique.

— Regardez-moi encore comme ça, mademoiselle Warren, et vous allez vous retrouver enceinte dans le quart d'heure qui suit, dit-il en riant.

Ce n'était pas là la réaction qu'elle attendait. Elle murmura, certaine d'avoir les joues toutes rouges :

— Merci beaucoup. Ni dans un quart d'heure ni jamais.

L'expression de Michael se durcit. Nikki avait la nette impression que chacun de ses gestes, chacune de ses paroles étaient prémédités. C'était sans aucun doute un acteur consommé, mais elle n'avait pas le cœur d'applaudir.

Il dit d'une voix neutre :

— J'ai eu beaucoup de mal à trouver ces renseignements vous concernant. J'ai décidé que ce serait vous qui porteriez mon enfant. Je n'ai pas l'intention de rester ici indéfiniment à perdre un temps précieux. Si vous pensez que vous avez eu la vie difficile jusqu'à présent, soyez assurée que cela n'est rien en comparaison de la misère que vous allez connaître si vous vous récusez.

— Mais pourquoi? Pourquoi moi? s'écria-t-elle. Quelle différence?...

— Je vous l'ai déjà dit, trancha-t-il. C'est moi qui pose les questions et vous qui répondez. Pour l'instant, nous allons rendre visite à votre mère à l'hôpital, puis nous irons dîner. Et, par Dieu, je vous jure que si vous refusez, je vous emmène à bout de bras.

Nikki n'avait aucunement l'intention de refuser. Tout valait mieux que de rester dans ce bureau intimidant. Surtout en compagnie de Michael Cragun. Elle jeta son manteau sur ses épaules pour éviter qu'il ne veuille l'aider et se hâta de sortir devant lui.

Au moment où ils sortaient de l'immeuble désert, un homme d'âge moyen émergea d'une Cadillac noire, le sourire aux lèvres, et leur ouvrit la portière. Ses cheveux argentés étaient coupés très court, si bien qu'on aurait dit un marine. Une chemise blanche et un pantalon noir lui tenaient lieu d'uniforme.

Michael Cragun lui sourit :

– Désolé d'avoir été si long, Henry. Je vous présente Nikki Warren. Nikki, voici Henry Merola, mon chauffeur, mon bras droit et le mari de la meilleure cuisinière de Manhattan.

– Bonjour, mademoiselle! lança joyeusement Henry.

Nikki répondit poliment à son salut et s'engouffra dans la voiture. Ce n'était pas sa faute, après tout, s'il travaillait pour un malade mental.

Aucun mot ne fut échangé durant tout le trajet. Nikki était de plus en plus convaincue qu'il était fou. Peut-être les affaires lui avaient-elles dérangé l'esprit? Il lui paraissait plus prudent en tout cas de ne pas le contrarier pour ce soir, quitte ensuite à ne plus jamais le revoir.

A mi-chemin du Bronx, Henry et son patron commencèrent à discuter de la cote boursière des actions de la CAI. Apparemment, Henry était un spéculateur particulièrement heureux. D'habitude, ce genre de conversation se déroule en privé et sûrement pas devant une étrangère. Bien sûr, Nikki n'aurait jamais eu l'idée de vendre les informations qu'elle entendait malgré elle, mais tout de même, cela la mettait mal à l'aise d'en être témoin. Elle fut soulagée lorsque la Cadillac se rangea devant l'hôpital.

Plusieurs personnes saluèrent Michael au passage dans les couloirs. Ils s'engouffrèrent dans l'ascenseur. En sortant, Nikki tourna automatiquement à droite. Michael la rattrapa par le bras. Dans sa surprise, elle lui donna un coup de coude dans l'estomac. Puis elle se retourna et le regarda anxieusement, s'attendant presque à ce qu'il la frappe à son tour. Au lieu de quoi, il lui indiqua du doigt la direction opposée.

— Je vous ai dit que votre mère était dans une chambre privée. C'est de ce côté. Et pour l'amour du ciel, Nikki, détendez-vous. Je ne vais pas vous violer au beau milieu de l'hôpital!

Elle le suivit tout en se demandant comment elle allait le présenter à sa mère. Comme un ami? Mais les premiers mots qu'il adressa à Pamela Warren la désarçonnèrent totalement.

— Madame Warren, dit-il tranquillement et gentiment. Vous avez meilleure mine que cet après-midi. Serait-ce trop prétentieux de ma part de penser que l'infirmière vous a coiffée parce qu'elle savait que je venais?

— Pas du tout, répondit Pamela Warren, non sans difficulté.

« C'est incroyable, se dit Nikki. Ils se conduisent comme des amis de longue date! »

Mme Warren regarda sa fille.

— Pourquoi est-ce que... tu le cachais?

— Je ne le cachais pas, maman, répondit-elle en s'efforçant de rester calme, et partagée entre l'incrédulité et la colère. Nous nous connaissons seulement... depuis peu.

Nikki se raidit : Michael l'entourait de son bras. Vraiment, il méritait un Oscar pour son interprétation. Il décocha un large sourire à Pam Warren, puis il regarda Nikki d'un œil moqueur.

– Chérie, votre mère sait très bien que je ne paierais pas les factures si je n'étais pas un peu plus qu'un simple ami.

« Oh oui! pensa Nikki, vous êtes plus que ça, mais pas du tout ce que maman croit! »

Michael Cragun se retourna vers Mme Warren.

– J'ai eu un entretien avec le garçon dont je vous ai parlé. Il est tout disposé à vous relayer à la boutique. Ainsi, Nikki n'aura plus à faire tout ce travail d'inventaire et de commandes. Elle s'est trop fatiguée ces dernières semaines et je vais prendre soin d'elle. Je la veux en bonne santé.

« Je m'en doute, se dit-elle, et tout ça pour le petit Michael! »

Nikki avait compris qu'il était délibérément provocant, truffant ses propos de sous-entendus. Elle se jura de ne pas perdre son sang-froid. Mais elle était furieuse qu'il ne lui ait pas dit qu'il était allé voir sa mère. Comment s'y était-il pris? Mme Warren n'avait droit qu'à très peu de visites et son nom n'était pas sur la liste. Mais comme il paraissait connaître tout le monde à l'hôpital...

Les réflexions de Nikki furent interrompues par la voix de Michael :

– Votre fille a-t-elle toujours été aussi têtue et aussi indépendante?

Pam Warren sourit.

– Toujours.

– Je vois. Il va falloir que je la prenne en main, fit-il en attirant Nikki à lui d'un air de propriétaire.

Mme Warren rit de bon cœur. Mais Michael Cragun devait avoir senti que Nikki ne contenait sa rage qu'à grand-peine. Il relâcha un peu son étreinte tout en entretenant sa mère au sujet du spécialiste qu'il avait engagé. Le reste de la visite se passa sans histoire. Nikki était soulagée qu'il se charge de la conversation : elle était dans un tel état de nerfs qu'elle se sentait incapable de la moindre pensée cohérente. Au bout d'une demi-heure, Michael déclara qu'il emmenait Nikki dîner en ville afin de l'engraisser un peu. Elle lui lança un coup d'œil furibond.

Michael demanda à Henry de les conduire jusqu'à un restaurant spécialisé dans les fruits de mer et les poissons. L'endroit se trouvait sur l'île de New York, mais l'atmosphère était celle d'un petit village de pêcheurs, si bien qu'on se serait cru en Nouvelle-Angleterre plutôt que dans cette ville surpeuplée et agressive de New York. C'était un restaurant très couru et déjà bondé quand ils y arrivèrent. Nikki, qui ne cherchait qu'un prétexte pour échapper à Michael Cragun, déclara tout net qu'elle avait trop faim pour attendre. Mais déjà le maître d'hôtel se précipitait à leur rencontre. Il salua chaleureusement Michael et les mena jusqu'à une table pour deux, située dans un coin tranquille.

Nikki refusa de consulter le menu, ignorant froidement son compagnon lorsqu'il lui demanda ce qu'elle voulait manger. Il l'avait traînée ici après l'avoir impitoyablement narguée à l'hôpital. Elle n'allait sûrement pas le faire bénéficier d'une compagnie agréable. Cet homme était trop insupportable.

Il haussa simplement les épaules et passa la commande à sa place. Nikki avait décidé qu'elle n'avalerait pas une bouchée. Mais le homard était si appétissant qu'elle ne put résister.

Elle conserva cependant une expression glaciale, déterminée à être aussi déplaisante que possible sans toutefois le provoquer davantage. Elle craignait des représailles. Mais elle avait compté sans le charme de Michael qui, lui, était également résolu à tout faire pour briser la glace.

Aux questions qu'il lui posa sur son travail, elle

répondit par monosyllabes. Il se lança ensuite dans un long monologue sur ses propres expériences. Lui aussi avait accueilli des demandeurs d'emploi à une certaine époque. Il décrivait si bien leurs bizarreries de caractère et leurs diverses personnalités que Nikki reconnut toutes sortes de gens auxquels elle avait eu affaire. Elle sourit malgré elle et n'arriva plus à conserver son attitude froide et distante. Elle découvrit que Michael Cragun était un auditeur de choix. Il paraissait si sincèrement intéressé par tout ce qu'elle racontait qu'elle soupçonna tout d'abord une nouvelle machination de sa part. Et puis, elle n'y pensa plus. Son charme l'envoûtait au point qu'elle en oublia toutes ses bonnes résolutions.

Ils échangèrent des histoires d'enfance et se découvrirent une passion commune pour le théâtre. Nikki s'aperçut qu'ils avaient tous deux étudié l'économie mais, bien sûr, Michael, fils d'un des magnats de l'industrie, était allé à Harvard, la plus célèbre université des Etats-Unis.

Lorsque, plus tard, il la raccompagna jusqu'à sa porte, Nikki nageait dans le bonheur. Le vin n'y était pour rien : elle s'était prudemment limitée à un demi-verre. Mais elle n'avait jamais passé une soirée aussi agréable avec un homme. Elle s'était arrangée pour oublier cette terrible entrevue dans son bureau, ainsi que la façon odieuse dont il l'avait provoquée à l'hôpital. Tout ce qu'elle savait, c'est qu'elle était subjuguée par son charme et son intelligence. Elle se surprit à souhaiter qu'il l'embrasse pour lui souhaiter bonne nuit.

Elle leva les yeux vers lui, essayant de prendre un air détaché, malgré son cœur battant et la chaleur qui l'envahissait.

– Merci pour le dîner, Michael. Cela a été très agréable.

– Ne me remerciez pas, Nikki. Je vous veux bien nourrie et heureuse, tout comme le reste de mon bétail. C'est dans mon propre intérêt, ne l'oubliez pas.

Son sourire et son ton indiquaient assez qu'il plaisantait. Il était impossible de s'en offenser. Nikki fouilla dans son sac à la recherche de ses clefs mais Michael les attrapa et ouvrit la porte lui-même. Comme il lui rendait son trousseau, il garda sa main dans la sienne plus longtemps que nécessaire. Puis il lui souleva le menton et plongea ses yeux dans ceux de Nikki. Elle réprima l'envie qu'elle avait de se jeter à son cou.

– Je vous ferai signe, dit-il doucement. D'ici là, Henry s'occupera de vous : il vous conduira à votre travail et vous ramènera chez vous. Bonne nuit, Nikki.

Il l'embrassa doucement dans le cou, lui fit un clin d'œil et s'éloigna.

Elle eut bien du mal à s'endormir, cette nuit-là. Nikki avait toujours fait en sorte d'être honnête avec elle-même. Elle se rendait compte qu'elle était si séduite et dans un tel état de soumission que s'il avait voulu la suivre dans son appartement, elle n'aurait rien fait pour l'en empêcher. Et s'il l'avait entraînée dans la chambre... Mais elle se refusa d'en imaginer davantage. Le fait est que rien de tout cela ne s'était produit.

De toute évidence, il savait comment s'y prendre avec le sexe opposé. Elle avait vu des photos de lui dans les journaux en compagnie de femmes toutes riches, belles et célèbres. Elle se rappelait en particulier une ex-femme de gouverneur et une actrice qui avait fait sensation dans un feuilleton télévisé; une princesse européenne, aussi, et combien d'autres...

« Mon Dieu, comme j'ai dû lui paraître terne en comparaison, se dit-elle. Enfantine, ignorante et ennuyeuse... »

Un homme comme Michael Cragun avait une expérience qui dépassait tellement la sienne! Elle n'avait jamais fait le tour du monde, ni côtoyé des gens célèbres, ni été impliquée dans de tumultueuses histoires d'amour.

« C'est sans doute pour ça, se dit-elle encore, que je lui conviens. Ce n'est pas moi qui l'intéresse, autrement il aurait essayé quelque chose ce soir. Je l'ai assez encouragé. Il doit voir en moi une collégienne stupide et tout ce qu'il a en tête c'est de trouver une machine à procréer. Les femmes avec qui il sort d'habitude trouveraient ridicule de perdre neuf mois pour avoir un enfant. »

Nikki se promit d'être prudente, aussi bien dans ses actions que dans ses sentiments.

Elle ne parvenait pas à s'imaginer quelle serait l'étape suivante. Cette incertitude était à la fois effrayante et excitante. Mais elle balaya bientôt toutes ces pensées. Elle avait beau ne pas avoir d'expérience, elle n'était pas non plus idiote, et jamais elle ne commettrait l'erreur de tomber amoureuse de Michael Cragun.

Elle en était presque convaincue quand elle s'endormit enfin.

3

Nikki resta sans nouvelles de Michael Cragun pendant plusieurs jours. Elle en fut à la fois déçue et soulagée. Comme Michael le lui avait annoncé, Henry Merola la conduisait chaque jour à son travail et la raccompagnait chez elle le soir. Elle avait été tentée de refuser de rouler ainsi en Cadillac avec chauffeur, mais à l'idée de Michael Cragun surgissant tel un démon vengeur et la poussant de force dans la voiture, elle avait vite changé d'avis.

Dès le premier jour, elle avait prié Henry de la déposer à deux rues du *New York Sun* et de l'attendre au même endroit à 4 h 40. Elle n'avait pas envie d'attirer l'attention de ses collègues. Si Henry en fut surpris, en tout cas il n'en laissa rien voir.

Après avoir parlé de la pluie et du beau temps, Nikki demanda à Henry d'un ton indifférent :

— Il y a longtemps que vous êtes au service de Michael Cragun ?

— Cinq ans, mademoiselle, répondit-il d'un ton amical mais réservé.

Le beau et riche Michael Cragun éveillait sa curiosité. Après un instant d'hésitation, elle hasarda une autre question :

— Il a déjà été fiancé ?

Cette fois, le chauffeur répondit d'un ton assez froid :

— Mademoiselle, je préfère ne pas parler de cela. Je veux bien discuter du temps ou de la saison de football, mais pas du patron.

Nikki avait poliment été remise à sa place. Elle ne posa plus de questions sur Michael Cragun et s'en tint à des conversations anodines.

Un jour, elle remarqua en passant :

— Une Cadillac, c'est tout de même plus agréable que le métro! A ce régime-là, je serai vite corrompue!

— Je pense que c'est là le but, répondit Henry de façon énigmatique.

Toute la journée du mercredi, Nikki résista à l'envie de descendre aux archives du journal pour y chercher des renseignements sur Michael Cragun. Cet homme étrange, qui l'avait prise pour cible, l'intriguait davantage encore qu'elle ne voulait bien l'admettre.

Mais le lendemain, elle avait réussi à se convaincre qu'il était parfaitement raisonnable de vouloir connaître son ennemi pour savoir qu'elle stratégie adopter.

Elle passa la soirée à consulter de vieux numéros du *Sun*. Le journal ne publiait pas de vulgaires commérages comme certains autres quotidiens. Elle apprit seulement que la famille Cragun faisait de nombreuses donations à différentes œuvres de charité et que Michael était devenu président de la CAI quatre ans auparavant, à l'âge de vingt-huit ans, après que son père eut subi une opération à cœur ouvert. La liste des compagnies que possédait la CAI était longue. On ne donnait aucun détail personnel sur Michael, mais l'empire qu'il contrôlait, le nombre de ses relations dans le monde des affaires, tout cela était assez impressionnant.

Nikki ne parvenait pas à concilier les deux

images qu'elle avait de Michael Cragun : l'homme d'affaires arrogant et implacable qui l'avait embrassée de façon tellement brutale dans son bureau, et le personnage charmant et plein d'humour qui l'avait raccompagnée jusque chez elle après cette merveilleuse soirée. Le premier l'effrayait. Alors qu'il était si important pour elle de prendre son avenir en main et d'assumer enfin ses responsabilités, il était entré dans sa vie comme un ouragan, emportant dans un tourbillon son indépendance et son amour-propre.

Quant au deuxième Michael Cragun, c'était tout autre chose. Nikki était obligée de reconnaî-tre qu'il la séduisait énormément. Elle le soup-çonnait de se montrer gentil uniquement pour mieux la manœuvrer et l'amener à obéissance. Et malgré tout, la façon qu'il avait de la regarder ou de la toucher lui donnait envie de faire tout ce qu'il désirait. Résister au deuxième Michael serait beaucoup plus difficile que de résister au premier...

Vendredi après-midi, Ron Martens passa la tête par la porte. Nikki l'aperçut et lui sourit :

– Vous voulez me voir?

– Oui. Venez dans mon bureau.

Une minute plus tard, elle était assise en face de lui.

– La secrétaire du rédacteur en chef vient de m'appeler. On vous attend en haut. (Il lui lança un coup d'œil interrogateur.) Vous avez une idée de quoi il s'agit?

– Non, répondit Nikki avec un peu d'appré-hension. Honnêtement, je n'en sais rien du tout.

– Moi non plus. Alors, allez-y. Et prenez votre manteau : vous ne reviendrez pas ici.

Nikki pâlit.

– Que voulez-vous dire? Je suis renvoyée?

Il se dépêcha de la rassurer.

– Mais non! La secrétaire m'a seulement demandé si je pouvais me passer de vous pour le reste de la journée. Je ne pouvais pas dire non. Bon week-end, Nikki, et à lundi.

– Merci, vous aussi, répondit-elle d'un air distant.

De retour dans son bureau, elle laissa un mot pour Erika. Puis elle alla frapper à une porte où s'inscrivait en gros caractères le nom de Peter Welsh Delavan, rédacteur en chef.

– Entrez, Nikki!

Peter Delavan était enfoncé dans un luxueux siège en cuir, les pieds sur son bureau. A côté de lui, Michael Cragun était négligemment appuyé au dossier d'un fauteuil. Ils étaient tous les deux en train de rire de quelque chose.

C'était donc là « l'ami » que Michael avait au *New York Sun*... On ne pouvait guère monter plus haut. Elle aurait dû s'en douter : Michael connaissait tout New York...

Les deux hommes s'étaient levés. Michael s'approcha d'elle et l'embrassa longuement sur la bouche.

– Nikki, je vous présente votre patron, Peter Welsh Delavan, dit-il. Pete, voici une jeune femme qui est en train de perdre son temps dans ton torchon : Nicole Warren.

Le rédacteur en chef se mit à rire :

– Tu dis ça parce que tu as d'autres projets pour elle. Comment allez-vous, Nikki?

Elle s'avança et serra la main de Peter Delavan. A sa grande consternation, Michael avait passé un bras autour de ses hanches et la tenait fermement. Qu'avait voulu insinuer son patron par « d'autres projets »? Que savait-il au juste? Il l'étudiait avec une telle attention...

Michael la débarrassa de son manteau. Elle n'avait pas d'autre choix que de le laisser faire, mais elle réagissait d'une façon tout à fait gênante à son contact. Il la prit par les épaules, l'attira contre lui et se tourna à nouveau vers Pete Delavan.

– Merci de la laisser sortir un peu plus tôt.

– Aucun problème. Je te fais mes compliments, tu as bon goût. Non seulement elle est intelligente puisqu'elle travaille au *Sun*, mais en plus elle est du tonnerre. Tu me feras signe quand tu seras prêt à rendre la chose officielle. J'en veux l'exclusivité.

– Compte sur moi, Pete.

Ils prirent congé. Mais Nikki ne savait même plus ce qu'elle faisait. Elle était sous le choc. Michael n'ignorait pas qu'elle n'accepterait jamais de l'aider à réaliser ses projets absurdes. Comment avait-il osé en parler à son ami? Elle se mettait rarement en colère, du moins avant d'avoir fait la connaissance de Michael Cragun. Mais cette fois il dépassait les bornes. Dès qu'ils furent dans le couloir, elle se tourna rageusement vers lui.

– Sale individu! Comment avez-vous pu lui dire...

Michael l'interrompit.

– Mais je ne lui ai rien dit!

Cet air ennuyé et satisfait qu'il affectait la mettait hors d'elle. Elle jeta son sac par terre, et lui cria :

– Vous êtes un menteur!

Et elle le gifla de toutes ses forces. Michael lui saisit le bras et la secoua, tandis qu'elle lui donnait des coups de pied pour lui faire lâcher prise. Mais il était trop fort pour elle. Il la coinça contre le mur, lui levant les deux mains au-dessus de la tête. Elle se tordait, se débattait pour se dégager, hors d'haleine, incapable de parler. Mais en vain. Appuyé contre elle, il l'empêchait de bouger.

– C'est fini maintenant! dit-il d'une voix que la colère rendait cinglante. La première fois à l'hôpital, je vous ai laissé faire, mais ça suffit. Si vous étiez une gosse, je vous administrerais une bonne fessée. Mais comme ce n'est pas le cas...

Le souvenir du baiser sauvage qu'il lui avait donné dans son bureau lui traversa l'esprit. Elle savait qu'il allait recommencer. Cette fois, elle ne lui donnerait pas la satisfaction de résister. Ce serait dépenser de l'énergie pour rien.

Sa façon de la punir fut beaucoup plus subtile. Il s'écarta un peu d'elle, déboutonna lentement son manteau puis fit descendre la fermeture à glissière de son pull-over. Il commença à l'embrasser dans le cou, tandis que Nikki, raide comme un piquet ne cessait de se répéter à quel point elle le haïssait. Il lui mordilla l'oreille et fit glisser ses lèvres jusqu'à sa bouche. Elle n'allait certainement pas entrer dans son jeu. Elle refusa son baiser, gardant les lèvres serrées. Il continua néanmoins, passant sa langue sur ses dents. Il avait posé la main sur ses hanches et la caressait doucement.

Nikki n'avait plus la force de résister. Sa colère avait disparu pour faire place à un sentiment d'ivresse. Tout son corps tremblait tandis qu'il lui dévorait la bouche à petits baisers rapides. L'air devenait étouffant comme si la température avait subitement monté. Elle faiblissait et, maintenant, ce qui lui importait plus que tout, c'était qu'il l'embrasse avec passion et non plus avec colère.

Elle ferma les yeux et entrouvrit les lèvres. Il se recula légèrement.

– Oh non! pas encore, fit-il. Il faut d'abord que vous vous excusiez de m'avoir giflé.

Nikki ouvrit grand les yeux, le regardant intensément.

– Je suis désolée, Michael, murmura-t-elle.

Elle n'était plus en état de discuter.

– Et demandez-moi de vous pardonner, lui ordonna-t-il d'un ton parfaitement posé.

Elle resta silencieuse. Il l'embrassa à nouveau

dans le cou, la serrant contre lui. Elle chercha sa bouche, mais il détourna le visage. Finalement, oubliant sa fierté, elle balbutia :

– Oui, s'il vous plaît.

Comme il ne bougeait pas, elle lui demanda d'une voix plaintive :

– Pourquoi vous jouez-vous de moi comme ça, Michael?

Il la dévisagea un moment puis marmonna :

– Plus maintenant!

Il prit sa bouche sans ménagement et l'embrassa avidement. Il lui avait relâché le bras. Nikki se haussa sur la pointe des pieds et les mains passées autour de la taille de Michael, elle se pressa contre lui. C'était la première fois de sa vie qu'elle s'abandonnait si totalement. Michael glissa la main sous son chandail et lui caressa doucement la poitrine. Ayant presque perdu conscience de ce qu'elle faisait, Nikki se mit à l'embrasser d'abord en hésitant, puis avec une passion grandissante.

Elle resta pétrifiée lorsqu'il s'écarta d'elle soudainement. Stupéfaite, elle vit tout d'abord un large sourire se dessiner sur son visage, puis il reprit son air hautain.

D'un ton autoritaire, il déclara :

– Allons-y.

Encore tremblante de ses baisers, Nikki ne pouvait pas croire qu'il puisse la traiter de cette façon. Elle murmura :

– Comment?

– Vous m'avez entendu? En avant! lança-t-il d'un ton brusque.

Nikki se sentit tout à coup toute petite, blessée, terriblement humiliée. Toute cette tendresse dont il avait fait preuve, cette émotion qu'ils avaient partagée, n'était-ce qu'un jeu? Elle qui pensait qu'il commençait à l'aimer un peu... Est-ce que ça l'amusait de se conduire avec elle comme s'il l'avait achetée pour une heure? Nikki baissa la tête pour cacher les larmes qui lui montaient aux yeux.

– Partons! répéta-t-il, l'air distant et ennuyé.

Elle était incapable de répondre ou même de le regarder. Elle n'était pas assez rouée non plus pour rire de tout ça ou même pour cacher l'étonnement et la douleur qui se lisaient sur son visage.

– Oh! Pour l'amour de Dieu! s'écria Michael avec impatience.

Il ramassa son sac et la traîna jusqu'à l'ascenseur.

La Cadillac noire attendait devant l'immeuble. Nikki était trop bouleversée pour penser à fuir. Elle ne répondit même pas à l'aimable bonjour d'Henry de peur de se trahir et d'éclater en sanglots. Elle ne tenait pas à se rendre encore plus ridicule.

Michael donna des instructions laconiques au chauffeur :

– Chez Nikki, Henry.

Il s'installa ensuite confortablement et sortit une liasse de papiers de sa serviette, comme si rien ne s'était passé.

Nikki s'était blottie près de la fenêtre, aussi loin que possible de Michael. Il la ramenait à la maison comme une enfant capricieuse qu'on renvoie dans sa chambre. Elle aurait voulu être seule et pleurer tout son saoul. Quand elle sentit la main de Michael passer dans ses cheveux, elle se retourna d'un bond, le regard dilaté par la douleur et la méfiance. Le fait qu'il considérait pouvoir faire d'elle ce que bon lui semblait la révoltait.

– Laissez-moi tranquille, s'écria-t-elle amèrement.

Sa réponse la stupéfia. D'une voix qui décourageait la rébellion, il lui annonça :

– Je vous ai fait sortir plus tôt du travail parce que nous allons passer le week-end en Floride.

Mes parents sont là-bas pour l'hiver et j'ai besoin de les voir pour affaires. Le temps est merveilleux. Ça vous fera le plus grand bien de prendre le soleil.

Est-ce qu'il parlait sérieusement? D'abord, il la séduisait, ensuite il la maltraitait, et maintenant il voulait l'emmener en Floride chez ses parents! Quel genre de tortueux complot tramait-il?

– Vous êtes fou! rugit-elle. Je n'irai nulle part avec vous!

Il poussa un soupir de lassitude. Puis il sourit et poursuivit sur le ton de la plaisanterie :

– Ça ne vous dirait rien d'être paresseusement allongée au soleil sur une plage tranquille?

Son sourire charmeur brisa ses défenses.

– J'ai mis votre mère au courant ce matin, ajouta-t-il. Elle pense que c'est une excellente idée. Vous devriez lui donner un coup de fil avant de partir, Nikki.

Elle essaya de paraître aussi indifférente que lui pour répliquer :

– Vraiment? Et lui avez-vous fait savoir aussi quel genre de rapports nous entretenions puisque vous avez l'intention d'annoncer la nouvelle au monde entier par l'intermédiaire du *Sun*?

Michael éclata de rire.

– Si vous m'aviez donné une chance de m'expliquer au lieu de me sauter dessus en sortant de chez Pete, vous sauriez que la nouvelle à laquelle il faisait allusion, c'était celle de notre mariage. Je lui ai raconté une histoire très romanesque, comme quoi nous nous étions rencontrés à la cafétéria de l'hôpital. Il pense que vous êtes ma fiancée.

Nikki n'en croyait pas ses oreilles. Sa fiancée? Pourquoi aurait-il raconté ça? Il n'avait pas besoin d'inventer de pareilles sornettes pour la faire sortir un peu plus tôt!

Elle voulait des explications et elle était décidée à en obtenir à tout prix. Elle avait tout de même le droit de savoir quelle sorte de projets il faisait en son nom! Mais elle avait plutôt l'air de se défendre que d'attaquer quand elle lui dit :

– Je ne vous comprends pas. Je ne peux pas croire que vous désiriez vraiment que je porte votre enfant. Vous avez l'air de me prendre pour une espèce de poupée qu'on peut faire tourner à tous les vents. Est-ce que ça vous donne un sentiment de supériorité de faire de moi ce que vous voulez?

Elle tourna la tête vers la vitre et continua, non sans difficulté, les yeux fixés sur la circulation :

– Oh, vous êtes certainement un expert en amour, je n'en doute pas, et puis... vous êtes très bel homme. Vous pouvez me considérer comme un jouet, mais il se trouve que je suis un être humain. Je veux bien reconnaître que je ne reste pas indifférente à votre contact, mais cela ne signifie pas pour autant que vous me plaisez. Je suppose que cela fait partie de vos mauvaises plaisanteries d'avoir dit à votre ami que nous étions fiancés? Mais je ne vous épouserai jamais, monsieur Cragun. Même si vous me le demandiez à genoux.

Elle releva la tête et le regarda d'un air de défi, fière de sa sortie.

– Bravo pour ce morceau de bravoure, mademoiselle Warren. Vous serez sans doute soulagée d'apprendre que je n'ai pas l'intention de vous épouser pour le moment.

Il fit une pause et sourit brusquement.

– Bon. Vous venez avec moi en Floride. En ce qui concerne mes mauvaises intentions à l'égard de vos formes sous-alimentées nous verrons ça dans quelques semaines, quand vous n'aurez plus l'air d'un épouvantail. Et puis, mon ange, si vous ne voulez pas que je vous touche, ne me provoquez pas. Figurez-vous que moi aussi je suis un être humain, conclut-il d'une voix altérée.

Il jeta un coup d'œil par la vitre. Les voitures,

pare-chocs contre pare-chocs, avançaient au pas.

— Si nous arrivons jamais à quitter cette sata-
née autoroute, nous allons chez vous chercher
votre valise et nous partons. C'est clair?

Nikki était complètement épuisée. Elle n'avait
plus la force de lutter. Elle était la proie de
sentiments confus. Michael se montrait si séduisant, pour ensuite se révéler si arrogant, qu'elle
ne savait plus où elle en était. De toute manière,
M. et Mme Cragun seraient là pour la chaperon-
ner. Après tout, un week-end au soleil, ça n'était
pas dix ans de travaux forcés.

Néanmoins, elle tenait à lui montrer qu'il lui
restait encore un brin d'indépendance. Elle se
tourna vers lui et lui fit le salut militaire.

— Entendu, général Cragun, dit-elle en imitant
à la perfection sa voix nonchalante.

— Vous avez fini par comprendre, soldat Warren, répliqua-t-il, satisfait.

Il la suivit dans l'appartement et, pendant
qu'elle faisait ses bagages, il s'allongea sur le lit
comme s'il était chez lui.

Nikki était gênée par l'intimité de cette situation, mais Michael Cragun, lui, était sûrement
passé par tant de chambres de femmes que ça ne
lui faisait plus aucun effet. Il la regardait remplir
sa valise, parfaitement à l'aise. Nikki ne bron-
chait pas. Elle avait peur de ses réactions auxquelles elle ne savait pas comment faire face.

Elle sortit d'un tiroir un vieux maillot de bain
noir une pièce et l'envoya rejoindre ses autres
affaires.

— C'est le seul que vous ayez? demanda-t-il
d'un air dégoûté.

Nikki hocha la tête sans se retourner.

Michael se leva.

— Si vous n'y voyez pas d'inconvénient, j'aimerais vérifier.

Elle se tourna alors et lui montra un bikini
rose.

– Cela convient-il mieux à Votre Majesté?

– D'abord général, maintenant roi. Je monte vite en grade!

Il regarda le maillot de bain comme s'il cherchait à s'imaginer ce qu'il donnerait sur elle.

– Oui, ça vous ira bien, même dans votre état de maigreur actuel.

Nikki avait peut-être tort de prendre à cœur les remarques qu'il faisait sur sa silhouette, mais elle ne pouvait s'empêcher d'en être vexée. Elle referma bruyamment sa valise et lui demanda d'un ton glacé :

– Ça vous ennuierait de sortir pendant que je me change?

A sa grande surprise, Michael ne fit aucun commentaire sarcastique. Il sauta prestement du lit et alla s'enfermer dans le salon.

Nikki enfila un ensemble en coton bleu et blanc qui lui allait à merveille et le rejoignit bientôt. Il était au téléphone avec Pamela Warren. Avec son habituelle effronterie, il lui assurait qu'il prendrait bien soin de Nikki. Il lui tendit l'appareil, l'œil pétillant, visiblement enchanté de sa mine outragée.

Pour couronner le tout, Nikki dut écouter sa mère faire l'éloge de Michael Cragun et lui recommander de bien faire tout ce qu'il lui dirait.

– Avec tout le travail qu'il a, ajouta-t-elle, il trouve encore le moyen de s'occuper de toi.

Nikki fut soulagée quand cette pénible conversation prit fin. Michael l'attendait sur le pas de la porte avec sa valise et ses clefs. Il verrouilla lui-même l'appartement et ils retournèrent à la voiture. Il confia les clefs à Henry, qui était chargé de veiller sur Mme Warren en leur absence.

L'avion en partance pour Fort Lauderdale était déjà prêt à rouler jusqu'à la piste de décollage

quand ils arrivèrent à la porte d'embarquement.
L'hôtesse de service sourit à Michael.

— Trente secondes de plus et c'était trop tard,
monsieur Cragun.

Tandis qu'ils prenaient place à bord, Nikki
remarqua d'un ton agressif :

— Bien sûr, s'ils avaient su que vous veniez, ils
auraient retardé le départ.

— Probablement, répondit Michael d'une voix
neutre.

— Toutefois, ne put-elle s'empêcher de dire, je
suis surprise que vous empruntiez un vol com-
mercial, même en première classe. Un homme
d'affaires aussi important que vous possède son
propre jet, non?

Pour une fois, il lui répondit sur un ton qui ne
paraissait ni ennuyé, ni brusque, ni enjôleur.

— La compagnie possède un avion, en effet.
Mais aujourd'hui il ne s'agit pas d'un voyage
d'affaires, mais d'un week-end en famille... et au
calme, si vous voulez bien arrêter de me harceler. Je sais que vous êtes en colère parce que
vous vous êtes mise dans cette situation, ou
parce que vous croyez que je vous y ai mise de
force. Mais, pour quarante-huit heures, ne pourriez-vous pas oublier tout ça? Faisons une trêve
et profitons du soleil, qu'en pensez-vous?

Nikki se méfiait de cet accès de sincérité. Elle
faillit se lancer à l'attaque, mais se ravisa.

— Et qu'est-ce qui arrivera après ces quarante-
huit heures? demanda-t-elle seulement.

Michael s'étira, bâilla et se frotta les yeux.

— On en parlera dimanche soir, répondit-il. J'ai
eu une semaine chargée, Nikki. Si ça ne vous fait
rien, je vais faire un petit somme.

Et sans lui laisser le temps de dire quoi que ce
soit, il fit basculer son siège et se tourna sur le
côté.

Deux minutes plus tard, il dormait profondément. Dans son sommeil, il ressemblait à un

enfant innocent. Il était difficile d'imaginer que c'était là un homme d'affaires entreprenant, déterminé à aller jusqu'au bout quand il s'était mis quelque chose en tête... Et pour le moment, pour une raison mystérieuse, c'est moi qu'il a en tête, se dit Nikki.

Michael ne se réveilla même pas pour dîner. Quant à Nikki, elle s'étonna d'avoir tant d'appétit : elle dévora le filet mignon, les légumes et les fruits frais. Elle apprécia surtout le champagne offert par la compagnie.

Comme elle se détendait enfin, elle essaya de se rappeler tout ce que Michael lui avait dit depuis qu'ils se connaissaient. Quel homme était-il vraiment quand il ne jouait pas la comédie? Il aimait sa famille, c'était évident. Elle apprendrait peut-être à mieux le connaître en voyant comment il se comportait avec ses parents.

Elle ferait de son mieux pour que M. et Mme Cragun voient en elle une simple amie de Michael. Mais ils se feraient peut-être une tout autre idée... La prendraient-ils pour une de ses nombreuses maîtresses? Cette pensée la remplit de honte.

Michael se réveilla cinq minutes avant l'atterrissage. Il dormait encore à moitié lorsqu'ils débarquèrent. Il n'eut même pas l'air de s'apercevoir qu'il avait son bras autour de la taille de Nikki en sortant de l'avion.

M. et Mme Cragun firent bonne impression sur Nikki. Ils auraient pu être les parents de n'importe lequel de ses amis. Elle s'attendait à les voir dans une somptueuse voiture avec chauffeur en uniforme, mais au lieu de ça, Ann et Jake Cragun arrivèrent seuls dans une Chrysler vieille de deux ans. Jake était un homme grand, aux cheveux grisonnants. L'allure noble, il avait des traits réguliers que venait illuminer un large sourire. Ann était une femme blonde et svelte, vêtue avec élégance et simplicité. Ils formaient un couple magnifique et Nikki ne s'étonnait plus que leur fils soit aussi bel homme.

En les apercevant, Michael agita la main et s'élança à leur rencontre. Il les serra chaleureusement dans ses bras. Il débarrassa ensuite Nikki de sa valise et fit les présentations.

– Voici une amie à moi, Nikki Warren. Nikki, ce sont mes parents, Ann et Jake Cragun.

Ann proposa tout de suite à Nikki de les appeler par leur prénom.

– Tous les amis de Mike le font, ajouta-t-elle en souriant.

En chemin, ils parlèrent du mauvais temps dans le Nord-Est, de l'équipe de base-ball des Yankees et de la sœur de Michael, Melanie, dont les jumeaux venaient d'attraper la varicelle. Nikki était contente d'être assise à l'arrière à côté de Mme Cragun et de ne pas être mêlée directement à la conversation.

Située sur la petite île de Key Biscayne, la villa des Cragun avait sa propre plage privée. C'était une grande maison confortable. Le salon était meublé simplement et décoré avec goût dans des tons de vert, de jaune et de beige. Nikki était sûre que tout ce qui se trouvait là avait beaucoup de valeur, pourtant cet intérieur avait un air chaleureux et accueillant qui la séduisit tout de suite. Un très beau piano *Steinway* attira tout particulièrement son attention. Elle allait complimenter Ann sur le charme de sa maison quand celle-ci s'adressa à son fils :

– Michael, va donc porter la valise de Nikki dans ta chambre. Nikki, vous avez le temps de déballer vos affaires pendant que je prépare le café.

Affreusement gênée, Nikki ne bougea pas. Elle jeta un coup d'œil de détresse à Michael qui se mit à rire.

– Je vois que tu es bien dressée, maman. Mais, Nikki et moi ne partagerons pas la même chambre. Pourquoi ne pas l'installer dans celle de Laurie? Comme ça, elle verra le soleil levant demain matin.

Jake Cragun dévisagea Nikki avec un intérêt soudain, puis marmonna :

– Eh bien, c'est nouveau, ça!

Sa femme le regarda d'un air réprobateur et s'excusa :

– Je suis désolée, Nikki. Je vais surveiller ce que je dis dorénavant, autrement je vais finir par m'attirer des ennuis.

Pour toute réponse, Nikki émit un petit rire forcé et quitta la pièce, à la suite de Michael qui avait pris sa valise. Quand ils furent seuls, il lui dit :

– Ma mère a cessé de m'ennuyer à propos de ces choses-là quand j'avais vingt-trois ans, déclara-t-il avec un sourire plein de charme. Mais je suis sûr qu'elle est contente de voir que la vertu existe encore dans ce monde pourri où nous vivons.

Nikki s'était promis de ne plus le harceler; mais là vraiment, il la provoquait.

– Qu'est-ce qui vous fait croire que je suis tellement innocente? C'est bien vous qui me disiez que j'avais dû avoir pas mal d'amants, non? fit-elle d'un ton dédaigneux. Vous avez changé d'avis maintenant?

– Vous oubliez que je sais tout sur vous, Nikki. Je sais que vous avez été beaucoup trop occupée à étudier et à aider votre mère pour avoir une vie mondaine. Et je sais que vous n'avez jamais eu d'histoire d'amour sérieuse.

Nikki rougit tandis qu'il poursuivait doucement :

– Et mon expérience avec vous n'a fait que renforcer ma conviction. D'ailleurs, ajouta-t-il de façon énigmatique, si vous n'étiez pas une petite fille innocente et pure, vous ne seriez pas ici.

Elle déballa lentement ses affaires, essayant de comprendre ce commentaire.

Insinuait-il qu'il voulait avoir son enfant avec une fille vierge? Cette idée était si choquante qu'elle lui parut presque comique. Plus probablement sa résistance naïve devait exciter son sens très particulier de l'humour...

Elle alla rejoindre les Cragun. Installés tous les trois à la cuisine, ils étaient lancés dans une discussion d'affaires. Elle hésita à s'asseoir et dit, d'un ton léger :

– Ça m'a tout l'air d'une conférence ultra-secrète. Je ferais peut-être mieux d'aller lire un peu.

Michael lui avança une chaise.

– Allons donc, Nikki. Vous n'avez pas l'étoffe d'une espionne. Vous êtes trop honnête.

Elle se demanda si c'était un compliment ou une insulte.

Il était plus d'1 h 30 du matin quand Mme Cragun fit remarquer que si les hommes avaient l'intention de jouer au golf le lendemain matin, il serait temps d'aller se coucher.

Nikki se déshabilla, tout ensommeillée, mais le cœur léger. L'atmosphère décontractée de cette soirée l'avait ravie. Elle n'aurait jamais imaginé que des millionnaires pouvaient discuter cote boursière dans la cuisine. Pour elle, ils passaient leur temps dans des réunions mondaines à ragoter et papoter. Elle était aussi très flattée que M. et Mme Cragun se soient montrés aussi amicaux envers elle et l'aient acceptée sans aucune arrière-pensée. Quant à Michael, il devait avoir vraiment une haute opinion de la confiance qu'on pouvait lui faire, même si, par ailleurs, il la jugeait parfaitement naïve et puérile.

Nikki était tellement excitée par tout ça qu'elle eut bien du mal à s'endormir. Enfin, le murmure lancinant des vagues aidant, elle glissa dans le sommeil.

4

Quand Nikki se réveilla le lendemain matin, tout le monde était déjà parti. Elle regarda autour d'elle. Elle occupait la chambre de Laurie, fille aînée de la sœur de Michael. En allant tirer les rideaux, Nikki aperçut à travers les arbres la mer qui miroitait sous un ciel bleu.

Dans la cuisine, Nikki trouva un mot d'Ann Cragun sur la table.

« Chère Nikki,
Nous n'avons pas voulu vous réveiller. Jake et Mike sont partis jouer au golf. Je suis allée à une réunion mais je serai de retour pour déjeuner. Faites comme chez vous. Vous trouverez du jus d'orange tout frais pressé au frigo, une attention de mon fils. Il y a de la crème solaire et des serviettes dans le placard de votre salle de bains. A tout à l'heure.

Ann.

P.-S : N'allez pas nager dans l'Océan. Les méduses sont impitoyables à cette époque de l'année. »

La piscine était située derrière la terrasse. Séduite à l'idée de se mettre au soleil, Nikki déplia une chaise longue et, vêtue seulement de son bikini, elle s'allongea.

Un peu plus tard, secouant la paresse qui s'emparait d'elle, Nikki partit faire un tour sur la plage, empruntant un petit sentier bordé de palmiers.

Ann Cragun fut de retour à 12 h 30, accompagnée d'une grande et forte femme cubaine du nom de Mme Munoz. Les Cragun n'avaient pas de bonne. Mme Munoz venait leur donner un coup de main lorsqu'ils devaient recevoir du monde.

Mme Cragun trouva Nikki à moitié endormie sur la chaise longue. Elle lui tapota amicalement l'épaule.

– Je vois que vous avez passé une bonne matinée, dit-elle en souriant. J'en suis ravie parce que Michael s'inquiète beaucoup de votre santé. Mais j'ai très faim. Pas vous? Comme Mme Munoz déteste être dérangée lorsqu'elle travaille dans la cuisine, je vous propose d'aller manger quelque chose dans un petit restaurant. Quelque chose de bien grossissant!

– Vous attendez du monde à dîner? demanda Nikki, étonnée par l'apparition de l'imposante Cubaine.

Michael ne lui avait parlé de rien et elle craignait brusquement d'être de trop dans cette réunion de famille.

D'une voix bizarre, Ann Cragun répondit par une question :

– Michael ne vous a rien dit?

Nikki secoua négativement la tête.

– Nous avions déjà invité quelques amis quand Michael nous a prévenus qu'il arrivait. Il nous a priés de ne rien changer à nos projets. Il est assez poli pour prétendre qu'il aime notre compagnie à nous, les vieux. Avez-vous apporté une robe longue?

– Malheureusement non, dit Nikki. J'ai fait ma

valise à toute vitesse car tout s'est décidé à la dernière minute. Mais... j'ai bien peur de ne pas être à ma place parmi vous ce soir.

– Ne dites pas de bêtises, ma chère enfant. Michael veut vous présenter à tout le monde, insista Ann. Je vous aurais bien prêté une de mes robes, mais elle serait trop grande pour vous. Je sais ce que nous allons faire. Puisque nous serons à Bal Harbor cet après-midi, nous irons vous acheter quelque chose. Il y a même une succursale de *Saks Fifth Avenue*. Vous pourrez payer avec votre carte de crédit.

Comme Key Biscayne, Bal Harbor était une zone résidentielle de la Floride, au sud de Miami. Nikki n'avait pas pour habitude de faire ses achats dans les magasins de luxe comme *Saks Fifth Avenue*; elle ne regardait guère que les vitrines. Elle se sentait un peu gênée de l'avouer à Mme Cragun.

– Je suis désolée, mais je n'ai pas de carte de crédit chez eux.

– Ne vous inquiétez pas pour ça, Nikki. Je mettrai tout sur mon compte et nous nous arrangerons plus tard.

Elles allèrent déjeuner et elles bavardèrent agréablement tout en savourant une salade de fruits frais et de légumes. Elles terminèrent leur repas avec un gâteau au chocolat recouvert de crème fouettée.

En entrant chez *Saks*, Nikki avait déjà décidé que Michael n'aurait qu'à assumer ses dépenses, puisque aussi bien c'était lui qui l'avait entraînée dans cette absurde situation.

C'était toute une aventure pour Nikki que de s'installer dans un luxueux salon d'essayage tandis qu'on lui apportait une collection de robes.

Ann était visiblement une cliente connue et respectée. Nikki avait entendu dire que les vendeuses, dans les boutiques de luxe, étaient affreusement snobs, mais ici, c'était tout juste si elles ne se prosternaient pas devant Mme Cragun.

Celle-ci persuada Nikki de choisir une robe en soie qui lui laissait les épaules et le dos nus.

– Et il vous faut *absolument* une fleur en soie pour vos cheveux, ajouta-t-elle; ainsi que des chaussures à talons hauts pour ne pas avoir à raccourcir la robe.

Leurs courses enfin terminées, elles rentrèrent à la maison. Elles trouvèrent le père et le fils en tenue de bain, assis devant une bière près de la piscine. Nikki ne put s'empêcher de penser que si Michael avait belle allure dans ses vêtements, il était encore plus beau en slip de bain. Il avait un corps d'athlète, avec des muscles longs et puissants; des cuisses de coureur de fond et une poitrine large recouverte d'un fin duvet de poils noirs.

Leurs yeux se croisèrent et il saisit son regard admiratif. Nikki détourna la tête en rougissant. Décidée à s'arracher à la fascination troublante qu'exerçait sur elle Michael, elle demanda à Mme Cragun la permission d'appeler son oncle et sa tante à Fort Lauderdale.

– Si vous voulez, répondit Ann, mais vous allez les voir d'ici quelques heures.

Devant l'air stupéfait de Nikki, elle ajouta :

– Je ne vous en ai pas parlé parce que, si j'ai bien compris, ce devait être une surprise. Quand Michael m'a téléphoné jeudi soir, il m'a demandé de les inviter. Je suis désolée si j'ai tout gâché, Michael.

– Non, répondit-il en haussant négligemment les épaules. Il ne s'agit pas d'une surprise. Cela m'était tout simplement sorti de l'idée.

Sans réfléchir, Nikki allait demander à Michael comment il s'était débrouillé pour connaître leur nom et leur numéro de téléphone. Mais elle s'arrêta au milieu de sa phrase. Michael eut un sourire malin.

– Je sais tout sur vous. L'auriez-vous oublié?

fit-il en la fixant, enchanté de l'avoir plongée dans l'embarras.

En plus de son oncle et de sa tante, les Cragun avaient invité quatre autres couples. Nikki se sentait en pleine forme lorsqu'elle entra dans le salon où l'attendaient Michael et ses parents. La conscience qu'elle avait d'être ravissante et désirable lui donnait de l'assurance. Une fleur en soie orange piquée dans ses cheveux dénoués et qui lui tombaient sur les épaules ajoutait à son charme une petite touche d'exotisme.

— Très joli, commenta simplement Michael en lui offrant un cocktail, sans plus faire attention à elle.

Sarah et Bill Newhouse, l'oncle et la tante de Nikki, arrivèrent les premiers, suivis de près par les autres invités : des voisins et le président d'une compagnie de jus de fruits appartenant à la CAI. Décidément, les Cragun investissaient dans tous les domaines.

Les Newhouse accaparèrent aussitôt Nikki et l'entraînèrent à part pour la presser de questions.

— Alors, comment va ta mère depuis ta dernière lettre ? lui demanda Sarah.

Nikki leur raconta en détail l'état dans lequel elle se trouvait depuis sa seconde attaque.

— Nous aurions tellement aimé pouvoir vous aider financièrement, fit Bill d'un air coupable. Mais, avec Terry qui fait ses études de médecine...

Nikki, qui voulait surtout éviter de parler d'argent, se hâta de rassurer son oncle en espérant qu'il la croirait.

Sa tante Sarah paraissait plongée dans la plus grande perplexité.

— Ce serait peu de dire que j'ai été surprise quand les Cragun nous ont téléphoné. Depuis quand fréquentes-tu leur fils ? J'aurais cru que les starlettes et les riches héritières étaient plus dans son genre.

Elle fit une pause, scrutant Nikki, puis reprit :

– Maintenant que ta mère est malade, je me sens un peu responsable de toi. Si c'est lui qui paie les factures tu dois me le dire. Tu n'es quand même pas devenue sa maîtresse en échange de quelques... avantages ?

Michael n'aurait pas pu choisir un meilleur moment pour intervenir.

– Je vais devoir vous enlever votre nièce, dit-il d'un ton tranquille. Tout le monde veut rencontrer cette jolie brune que j'ai emmenée avec moi en Floride.

Mais, au lieu de la présenter aux invités, il l'entraîna sur la terrasse.

– J'ai eu l'impression que vous appeliez au secours, je me suis trompé ? On aurait dit un véritable interrogatoire. (Il passa la main dans ses cheveux et ajouta :) Ce n'est pas mon habitude de jouer les preux chevaliers, mais la damoiselle en détresse est si belle ce soir...

Elle aurait pu lui répliquer que c'était lui qui avait créé la situation embarrassante dans laquelle elle se trouvait. Mais la soirée s'annonçait trop romantique et elle n'avait aucune envie de recommencer cette discussion.

Elle lui fit une révérence et répondit d'une voix émue :

– Merci, vaillant chevalier. La damoiselle vous rend grâce pour votre galanterie et pour sa délivrance.

Sous l'influence des *margaritas* qu'elle avait bus et de sa robe neuve, Nikki se sentait d'humeur à marivauder. Elle lui décocha son sourire le plus charmeur.

Il regarda sa bouche un instant puis jeta un coup d'œil dans le salon : dix paires d'yeux les surveillaient avec curiosité.

70

— Je crois que nous devrions rentrer, dit-il en lui prenant fermement le bras. Il commence à faire frais.

— Ne soyez pas ridicule, Michael. Il fait très bon. Cela ne vous plaît pas d'être ici avec moi? demanda-t-elle de sa voix la plus provocante.

Il la prit par les épaules et la retourna, face au salon.

— Je n'ai encore jamais séduit une femme en public, mais si vous voulez être la première...

Protégée par tous ces regards qui les observaient, elle en profita pour répondre du tac au tac :

— Vraiment? Vous le feriez?

Elle se mit à jouer avec sa cravate et passa un doigt sur les lèvres de Michael. Il lui attrapa la main, déposa un baiser dans sa paume et la menaça gentiment :

— Attention à ce que vous faites, petite sorcière. Je me suis promis de me conduire en gentleman, mais je risque d'oublier mes bonnes résolutions si vous continuez comme ça.

— Entendu, Michael, lança-t-elle d'un air triomphant en regagnant le salon.

Ann Cragun invita tout le monde à prendre place autour de la table où les attendait un délicieux dîner mexicain. Nikki était assise entre le voisin des Cragun et son oncle Bill. Tout en bavardant, elle jetait de temps en temps un coup d'œil dans la direction de Michael, mais il ne lui prêtait pas la moindre attention.

Le repas terminé, les invités retournèrent au salon où Jake Cragun leur servit du brandy et de l'*amaretto*. Nikki s'installa près de Michael sur le sofa. Elle voulait le punir de son indifférence. Elle se rapprocha encore davantage, sa cuisse touchant la sienne. Mais si cette proximité eut sur elle un effet certain, lui, par contre, resta de marbre.

Après un moment, il se leva et arrêta le disque qui tournait.

– Si ça ne t'ennuie pas, papa, je préférerais écouter Nikki jouer du piano. Ce serait dommage que toutes ces années d'étude aient été faites en vain.

Elle sentit monter la colère. Non seulement elle lui en voulait de ses façons autoritaires (les mots « s'il vous plaît » avaient l'air exclus de son vocabulaire) mais en plus elle était énervée de voir que Michael savait tout sur sa vie et ses habitudes alors qu'elle ne connaissait à peu près rien de lui. Pour comble, elle s'aperçut que non seulement sa réaction ne lui avait pas échappé mais qu'il y prenait plaisir... C'était toujours lui qui marquait les points.

Mais le piano était si beau... Elle avait quand même très envie de l'essayer.

– Vous aimez les comédies musicales? demanda-t-elle à la ronde. Je ne suis pas d'humeur à me lancer dans le classique ce soir.

Sa suggestion fut accueillie avec enthousiasme et elle se mit à jouer un air très sentimental, tiré d'un grand succès de Broadway. Mais elle fut elle-même si émue par ce morceau qu'elle évita ensuite tout ce qui ressemblait à une chanson d'amour.

Les invités partirent bien après minuit. Ann et Jake se retirèrent dans leur chambre presque aussitôt. Nikki les soupçonna d'avoir voulu la laisser seule avec Michael.

Debout près du piano, elle le regardait éteindre les lumières de la cuisine et du salon. Lorsqu'il passa devant elle, elle murmura :

– Vous ne m'embrassez pas pour me souhaiter bonne nuit?

– Non, répondit-il d'un ton cassant. Et ne commencez pas des choses que vous n'êtes pas prête à accomplir jusqu'au bout. Allez plutôt vous coucher!

Et lui-même regagna sa chambre en claquant la porte derrière lui.

Le lendemain matin au petit déjeuner, Jake demanda à Nikki si elle avait déjà visité les Everglades. Elle répondit que non : c'était la première fois qu'elle venait en Floride. M. Cragun suggéra alors à son fils de l'y emmener faire un tour.

Nikki pensait à la soirée d'hier et se sentait mal à l'aise. Elle s'en voulait de sa conduite. Provoquer Michael n'était pas une chose à faire. Il devait en avoir plus qu'assez de ses simagrées. Ce matin, il lui avait grommelé un vague bonjour en évitant de la regarder. De toute manière, un citadin comme lui n'avait sûrement aucune envie d'aller se promener dans un parc naturel.

– Oh! non, peut-être une autre fois, répondit-elle précipitamment. Michael est venu pour vous voir et se reposer...

– Je suis assez grand pour savoir ce que je veux faire, coupa Michael. Je suis d'accord pour y aller. La dernière fois, il y avait une sécheresse terrible et je n'ai pratiquement rien vu. Combien de temps vous faut-il pour être prête?

– Vous êtes sûre que...

– Puisque je vous le dis! Allez, en avant! Dépêchez-vous!

Elle cessa de discuter.

– Un quart d'heure, ça va?

– Bien. Et mettez un pantalon. Les insectes sont féroces dans les Everglades.

Vingt minutes plus tard, ils étaient en route pour le parc national. Nikki, avec son blue-jean, son tee-shirt jaune et son blouson de coton, faisait très adolescente. En pantalon de toile et chemise de sport, Michael avait l'air d'être son oncle ou son grand frère.

– Pourquoi avez-vous pensé que je ne voudrais pas venir? lui demanda-t-il.

Nikki rougit. Elle savait qu'elle lui devait des excuses pour ce qui s'était passé la veille.

– Michael, commença-t-elle embarrassée, il faut que je vous explique...

– Oui? fit-il en haussant les sourcils d'un air insolent.

– Eh bien, je suis navrée pour hier soir. Je ne sais pas ce qui m'est passé par la tête...

Il l'interrompit.

– Vous ne le savez pas?

– On peut dire que vous ne faites rien pour m'aider, répliqua-t-elle en s'échauffant. Je sais bien que vous avez le droit d'être en colère...

– Qui a dit que j'étais en colère?

Elle hésita.

– Vous étiez tellement bourru ce matin...

– Je suis toujours de mauvaise humeur le matin. Quant à hier, vous avez voulu me rendre la monnaie de ma pièce et, dans une certaine mesure, vous avez réussi. Malheureusement, il se trouve que vous jouez contre un champion.

– En toute modestie, n'est-ce pas?

Mais en vérité, Nikki était heureuse de se sentir pardonnée. Elle lui dit d'une voix plus légère :

– Je ne veux pas que vous me taquiniez aujourd'hui, Michael. Pour parler franchement, vous ne me paraissez pas vraiment à l'unisson avec notre Mère Nature. J'imagine que quand vous étiez enfant, vous avez tout juste rencontré des pigeons en jouant au ballon sur les trottoirs de New York!

– Pas du tout. Mes parents habitaient dans la banlieue et, plus tard, ils ont acheté une petite ferme avec une dizaine d'hectares. Je me suis même cassé le nez en tombant d'un arbre. Et je ramenais toujours à la maison des serpents, des tortues, des oiseaux blessés...

– C'est difficile à croire, répliqua Nikki d'un ton caustique. Je croyais que les seules créatures qui vous intéressaient étaient les femmes, à partir de vingt et un ans.

Il esquissa un sourire.

– Ce que j'aime en vous, Nikki, c'est votre côté soumis, empressé à tout faire pour me plaire...

Il plaisantait et, pourtant, il était dans le vrai. Aujourd'hui, elle avait envie de lui être agréable. Il lui paraissait tout à coup important qu'ils soient en bons termes. Elle voulait qu'il s'intéresse vraiment à elle et non pas qu'il lui fasse du charme pour « affaire », parce qu'elle faisait partie de ses invraisemblables projets ou parce qu'il le distrayait de son emploi du temps habituel.

Elle regardait la route droit devant elle. Elle aurait voulu lui expliquer ce qu'elle ressentait mais elle n'avait pas le courage de l'affronter.

– Le plus drôle, Michael, c'est que je n'ai pas envie de me battre avec vous. Je serais même heureuse de faire quelque chose pour vous si vous me le demandiez. Vous pouvez même être très gentil quand vous voulez... Et, hier soir... eh bien, vous auriez pu, mais vous ne l'avez pas voulu. Ma mère vous prend pour le bon Dieu. Je ne crois pas que vous soyez réellement sérieux au sujet de cet enfant. Vous vous amusez de moi, c'est tout. Mais moi, j'aimerais être prise au sérieux, Michael. Je ne céderai jamais à quelqu'un qui pense que... que je suis une sorte de jouet.

La voix de Nikki n'était plus qu'un murmure. Si elle s'attendait à ce qu'il réponde à son appel, elle fut déçue. Pour toute réponse, il alluma la radio qu'il régla sur une station de rock'n'roll.

Ils entrèrent bientôt dans le parc et roulèrent jusqu'à la pointe sud. Nikki se faisait les plus amers reproches. Tout allait si bien! Elle aurait mieux fait de se taire. Maintenant Michael avait l'air en colère, et elle n'arrivait pas à comprendre pourquoi. Tout ce qu'elle savait, c'est que, pour une raison ou pour une autre, c'était sa faute à elle.

Ils se rendirent au centre d'accueil des visiteurs. Les Everglades étaient le dernier endroit subtropical resté vraiment sauvage aux Etats-Unis. 60000 hectares de marécages, remarquables pour leur flore et leur faune. Nikki regardait les photos mais elle avait l'esprit ailleurs.

Michael prit des billets pour la promenade en bateau parmi les canaux qui couraient entre les marécages. Le guide leur fit remarquer toutes sortes d'arbres et de plantes magnifiques et Nikki commença à s'intéresser à ce qui l'entourait. Les passagers essayaient d'apercevoir qui un oiseau, qui un alligator dissimulé dans les roseaux. Nikki fut la première à voir un grand héron blanc et, tout excitée, elle attira sur lui l'attention de Michael.

La visite terminée, la tension entre eux avait presque entièrement disparu. Ils allèrent prendre un sandwich au restaurant destiné aux touristes et ils le mangèrent en silence : Nikki avait peur de dire quelque chose qui risquait de rouvrir les hostilités.

Après le déjeuner ils firent une promenade à pied au milieu des ashingas, des poules d'eau et des tortues géantes. Ils purent même voir plusieurs alligators et un crocodile. Les crocodiles, étant devenus extrêmement rares, faisaient partie des espèces protégées.

Sur le chemin du retour, Michael alluma la radio, mais cette fois il la régla sur une station de musique classique. Nikki s'endormit, bercée par les accents mélodieux d'un concerto pour piano. Quand elle se réveilla, elle avait la tête posée sur l'épaule de Michael. Ils étaient arrivés à la maison. Elle lui sourit et sortit de la voiture, encore tout ensommeillée.

Ann et Jake Cragun étaient assis près de la piscine.

– Venez donc nager avant de dîner, ça vous rafraîchira, suggéra M. Cragun.

Ils allèrent passer leur maillot. Michael plongea aussitôt, fit quelques brasses et appela Nikki.

– Venez! L'eau est bonne.

Confortablement installée dans une chaise longue, elle n'avait guère envie d'en bouger.

– Non, merci, je suis bien ici.

– Comme vous voudrez, fit-il d'un ton poli, mais distant.

Mais une seconde après, il sortait de la piscine et, avant qu'elle ait pu comprendre ce qui lui arrivait, il la souleva dans ses bras et la jeta à l'eau. Puis il plongea à sa suite. Nikki l'éclaboussa en protestant.

– Si vous voulez lutter contre moi, mademoiselle Warren, vous êtes battue d'avance. Si nous faisions plutôt une partie de volley-ball? Ça vous défoulera.

Il installa un filet en travers de la piscine et prit place du côté le plus profond. Ils passèrent un bon moment à rire et à plonger, se lançant la balle et s'éclaboussant. Les cheveux de Nikki s'étaient défaits et elle les avait tout le temps dans les yeux. Elle prétendait même que c'était son seul handicap. En fait, Michael avait l'avantage d'être beaucoup plus grand et plus rapide qu'elle et s'arrangeait pour lui lancer le ballon traîtreusement. De toute évidence, il jouait pour gagner.

Nikki, qui n'avait marqué que quelques points, était dégoûtée de s'en être tirée aussi peu glorieusement. Elle savait bien que sa réaction était puérile mais elle n'en sortit pas moins de l'eau, furieuse et vexée.

Michael passa un bras autour de sa taille, mais elle le repoussa.

– Quelle mauvaise joueuse vous faites! s'écria-t-il. Je n'arrive pas à le croire!

Sa présence tout près d'elle la troublait. Il était tellement beau, tellement séduisant dans son slip de bain bleu ciel...

— Laissez-moi tranquille. Vous n'avez pas été honnête! Vous auriez au moins pu me laisser marquer quelques points de plus!

— Voilà bien la logique féminine! Vous auriez voulu que je vous laisse gagner?

— Pourquoi pas, s'écria Nikki, si je n'en avais rien su?

— Ah, les femmes! s'exclama-t-il d'un air dégoûté. Attendez! Je connais le remède, moi!

Il l'attrapa vivement et elle eut beau se débattre, il la poussa dans la piscine en s'esclaffant.

Les parents de Michael avaient assisté à toute la scène. Nikki sortit de l'eau en tremblant. L'œil fixe, elle essayait cependant de garder sa dignité.

Ann lui tendit une serviette et l'entraîna dans la maison.

— Ça ne me regarde peut-être pas, Nikki, dit-elle, mais je vois bien que vous êtes amoureuse de Michael. Et lui vous aime aussi, même s'il ne le sait pas encore. Donnez-lui le temps... il finira bien par s'en apercevoir...

Avec un grand sourire elle ajouta :

— A ce moment-là, Jake et moi nous serons très heureux de vous accueillir dans notre famille. Allez, maintenant. Dépêchez-vous de vous changer.

Nikki marmonna quelques remerciements maladroits et s'enfuit dans sa chambre. La gentillesse d'Ann Cragun avait certes dissipé sa colère, mais pour la remplacer par quelque chose de plus terrible encore.

Amoureuse de Michael Cragun? Impossible. Il était arrogant, prétentieux, autoritaire et égoïste. Il ignorait ce qu'étaient la tendresse et la douceur, sauf quand il voulait arriver à ses fins. Elle ne pouvait pas nier qu'il l'attirait physiquement, mais cela n'avait rien à voir avec l'amour. De toute manière, elle ne le connaissait pas depuis assez longtemps pour en être arrivée là.

Quand ils seraient de retour à New York, elle se débrouillerait pour se débarrasser de lui à jamais. C'était indispensable à sa sauvegarde. Quant à ses menaces, elle n'en avait plus peur. Pendant ce week-end, elle s'était rendu compte que Michael était un homme parfaitement sensé! Jamais il ne mettrait à exécution un pareil chantage.

Quand il fallut s'en aller, Ann et Jake serrèrent leur fils dans leurs bras en lui demandant de ne pas trop tarder avant de revenir les voir. Ils embrassèrent aussi Nikki en lui exprimant l'espoir de la revoir également bientôt. Embarrassée, elle les remercia chaleureusement pour ce merveilleux week-end.

Dans l'avion, elle pensait à ces deux jours passés avec la famille Cragun. La dernière soirée avait été en partie consacrée aux affaires. Jake et son fils avaient pris des décisions, non sans avoir auparavant consulté Ann Cragun. Puis Michael avait surpris tout le monde en préparant un soufflé au chocolat. Mais il affirma bien haut que c'était la seule recette qu'il connaissait.

La discussion avait tourné autour de problèmes économiques et de prévisions à long terme concernant la CAI. Nikki avait été bien obligée de reconnaître que Michael avait quand même quelques sérieuses qualités : il avait écouté les suggestions de ses parents, et même les siennes, avec beaucoup d'attention. Il était extrêmement intelligent. De plus, c'était un homme d'affaires compétent et estimé par ses employés. Ses rapports avec ses parents étaient très chaleureux, même s'il leur refusait le droit de se mêler de sa vie privée. Et, même si Nikki ne l'appréciait pas toujours, il avait un sens de l'humour particulièrement vif et sarcastique.

En quittant New York elle s'était juré d'en apprendre plus sur Michael. Et qu'avait-elle découvert? Rien, ou presque rien. Pourquoi s'obstinait-il à lui cacher sa véritable personnalité? C'était quelque chose qu'elle n'arrivait pas à comprendre. Il venait d'une bonne famille; il était riche, beau et intelligent. Son travail le passionnait. Et pourtant, la vie semblait l'ennuyer. Il aurait pu avoir toutes les femmes qu'il voulait, mais cela aussi paraissait l'ennuyer. Décidément, son caractère restait une énigme indéchiffrable.

L'esprit ailleurs, Nikki essaya de se plonger dans la lecture d'un magazine. A côté d'elle, Michael feuilletait un dossier dont la couverture portait la mention « confidentiel ». Absorbé dans son travail, il ne semblait nullement disposé à parler de l'avenir comme il le lui avait promis deux jours auparavant.

Après un vol sans histoire ils retrouvèrent Henry qui les attendait à l'aéroport. Ils roulaient depuis un moment quand Nikki s'aperçut qu'ils se dirigeaient non pas vers le Bronx, mais vers Manhattan.

– Où allons-nous? demanda-t-elle avec appréhension.

– A la maison.

– Mais ce n'est pas le chemin!

– On ne va pas chez vous, mais chez moi, répliqua-t-il comme si cela allait de soi.

– Pas question! Si vous avez l'intention de me parler maintenant, je suis désolée, il est trop tard : je suis fatiguée et je veux rentrer.

Le regard d'acier que Michael tourna vers elle exprimait une résolution inébranlable. Le ton qu'il prit fut à l'avenant :

– Désormais, vous allez vivre avec moi. J'ai pris cette décision avant de partir et tout est réglé. Je ne vois pas pourquoi Henry perdrait son temps à aller vous chercher tous les jours.

– Il n'a pas besoin de venir, s'écria-t-elle au comble de l'indignation. J'ai pris le métro pendant des années et je n'en suis pas morte. Vous pouvez garder votre chauffeur!

– Essayez de vous y opposer et vous le regretterez, fit-il posément. Comprenez bien la situation. Les meubles qui étaient dans l'appartement de votre mère ont été entreposés dans un garde-meubles. Vos affaires sont déjà chez moi. Quant à votre appartement il sera loué dans les jours qui viennent. C'est clair?

Nikki serra les poings, essayant de contenir sa rage. Henry Merola avait dû procéder à ces déménagements pendant qu'ils étaient en Floride. Inutile de chercher du secours auprès de lui...

– Michael, commença-t-elle d'une voix tremblante, pourquoi faites-vous ça?

– Peut-être parce que je ne peux pas me passer de vous, répondit-il avec nonchalance.

– Si vous trouvez ça drôle! Vous pourriez au moins m'expliquer...

De toute évidence, il ne prenait pas son opposition au sérieux.

– Si vous saviez le nombre de femmes qui aimeraient être à votre place! Et puis, c'est beaucoup mieux pour vous. Vous n'aurez à faire ni la cuisine ni le ménage. Vous devriez me remercier de tous ces avantages que je vous procure!

– Quelle générosité! fit-elle en lui lançant un regard furibond.

– Nikki, reprit-il d'un ton glacé, j'aime les femmes qui savent comment me satisfaire et qui font tout pour ça. Pourquoi persistez-vous à penser que j'ai des vues sur une petite jeune fille refoulée et inexpérimentée comme vous?

– A cause de votre maudit enfant, voilà pourquoi! s'exclama Nikki, vexée.

– Je vous ai déjà dit que vous n'étiez pas en état pour ça. Je ne suis pas un saint, mais je ne suis pas non plus un adolescent en mal d'amour. Cependant, méfiez-vous quand même : la prochaine fois que vous vous jetterez à mon cou, je profiterai de l'invitation.

Il eut un petit rire étouffé et poursuivit effrontément :

– Rassurez-vous : il y a Henry et Suzanna dans la maison. Ils protégeront votre précieuse vertu.

Nikki resta silencieuse, à la fois humiliée et furieuse. A aucun prix elle n'accepterait de vivre chez lui. Il ne pouvait tout de même pas l'enchaîner! Ce soir, elle n'avait guère le choix, mais demain, elle s'en irait.

« Et vous ne pourrez rien faire pour me retenir, monsieur Cragun », ajouta-t-elle en son for intérieur.

Michael vivait évidemment dans l'un des quartiers les plus chics de Manhattan. Il avait un duplex sur la Cinquième Avenue, dans un luxueux immeuble situé juste en face de *Central Park*. Il ne devait pas être désagréable, pensat-elle, de voir des arbres et des fleurs en se réveillant le matin, plutôt que des blocs de brique et de béton.

L'intérieur de l'appartement était splendide. Michael la traîna en bas, complètement indifférent à sa colère et à son attitude glacée. Un large couloir carrelé traversait la partie inférieure du duplex où se trouvaient une cuisine, une salle à manger, un salon et un bureau. Il y avait trois chambres à l'étage et les Merola vivaient dans un studio situé derrière la cuisine.

Le salon était artistiquement décoré avec des tapis d'Orient et des bibelots anciens, mais meublé de façon résolument moderne. Des tons chauds de bleu et de beige donnaient à la pièce une atmosphère de paix et de douceur que Nikki aurait vivement appréciée en d'autres circonstances.

En lui faisant visiter le haut, Michael ne lui montra pas sa propre chambre, qui devait être immense puisqu'elle occupait tout un côté du couloir. Poussant une porte, il lui dit d'un ton sec :

– Voilà. Je suis sûr que vous vous sentirez ici comme chez vous.

Il savait ce qu'il disait : toutes ses affaires étaient là, ses photos de famille, son vieil ours en peluche, ses livres, ses vêtements. Rien ne manquait de ses objets familiers.

Mais pour le moment, elle ne pensait qu'à une chose : se retrouver seule.

– Je ne sais comment vous remercier. Vous pensez vraiment à tout. Maintenant, seriez-vous assez aimable pour sortir de *ma* chambre, s'il vous plaît, dit-elle en lui faisant son sourire le plus faux.

– Avec plaisir, madame, répliqua Michael.

Et il s'esquiva en sifflotant joyeusement.

Une fois seule, Nikki inspecta la chambre. Elle était meublée avec goût et sobriété. Les rideaux couleur abricot s'harmonisaient avec la moquette jaune sable. Les lits jumeaux étaient recouverts de dessus de lit à fleurs.

Une porte-fenêtre donnait sur une terrasse qui dominait le parc. New York était une ville souvent sale et polluée, mais au printemps, quand l'air était plus clair, il devait être bien agréable de s'asseoir là et d'observer la foule.

Une pensée perfide lui traversa l'esprit : comme il serait plus facile d'arrêter la lutte avec Michael, de se laisser faire et de vivre ici sans s'inquiéter de rien...

Tout ce qu'il entreprenait il paraissait le mener à bien. Nikki ne s'était même pas demandé comment il avait réussi à organiser ce déména-

gement, à s'arranger avec le gérant et le propriétaire sans même qu'elle ait donné son accord.
N'allait-il pas trouver un moyen de faire échouer
cette évasion qu'elle projetait?

Devenir la maîtresse de Michael, et même
porter son enfant, ce n'était pas le destin le plus
horrible qu'on puisse imaginer. Mais combien de
temps cela durerait-il? Neuf mois? Un an? D'ici
là, elle serait peut-être tombée follement amoureuse de lui... et lui se débarrasserait d'elle
comme d'une voiture hors d'usage...

Elle resta éveillée pendant des heures à faire
des plans pour s'enfuir et à mâcher et remâcher
ce qu'elle allait bien pouvoir lui dire.

5

Après avoir été une petite fille sage et tranquille, Nikki Warren était devenue une jeune fille posée et raisonnable. Mais se résigner à voir son propre destin lui échapper, c'était trop lui demander. Heureusement, elle n'entrevit Michael le lendemain matin que très brièvement. Il était déjà prêt à partir quand elle se leva. Il répondit à peine à son bonjour quand ils se croisèrent dans le couloir.

Une heure plus tard, Henry conduisait Nikki au journal. Elle n'avait pas vu Mme Merola et commençait à se demander si elle n'était pas un pur produit de l'imagination fertile de Michael. Pour ne pas éveiller les soupçons du chauffeur, elle quitta l'appartement avec seulement ce qu'elle portait sur le dos.

Nikki en était arrivée à la conclusion qu'elle ne pourrait jamais se débarrasser toute seule de Michael. Elle répugnait à l'idée de mêler qui que ce soit à ses problèmes, mais elle n'avait pas le choix.

Erika, voyant sa mine resplendissante, lui demanda aussitôt :

— Où as-tu passé le week-end? Sous une lampe à bronzer?

— Oh Erika! Je suis dans une situation épouvantable, dit-elle au bord des larmes. Je ne sais pas quoi faire.

Nikki aurait voulu lui expliquer les choses calmement mais tout ce qu'elle avait pensé lui dire, elle n'arrivait plus à l'exprimer.

Alarmée de la voir dans cet état, Erika se leva et la prit dans ses bras.

— Mon Dieu, mais que se passe-t-il? Tu es enceinte?

Nikki éclata d'un rire presque hystérique à ce trait d'humour involontaire.

— Je ne peux pas te parler de ça ici. Est-ce que je peux venir coucher chez toi ce soir?

— Bien sûr, répondit Erika d'un ton rassurant. Tu peux même rester aussi longtemps que tu voudras.

Nikki se plongea ensuite dans son travail, essayant de chasser Michael de ses pensées. Mais ça lui fut impossible.

C'est seulement quand elles furent dans le train qui les emmenait à Yonkers que Nikki commença à raconter son histoire. Si elle voulait qu'Erika l'aide, elle devait lui dire toute la vérité et rien que la vérité. Il fallait que son amie comprenne bien qu'elle avait toutes les raisons d'être désespérée. Malgré la honte qu'elle en éprouvait, elle n'omit rien de sa rencontre avec Michael et même des adjectifs qu'il employait à son égard. Elle termina par le récit du kidnapping de la veille. Erika était littéralement abasourdie.

— Ma parole, Nikki, on dirait un mauvais feuilleton. Si je lisais ça dans un livre, je n'y croirais pas. Ça ne tient pas debout! Tu es belle fille, d'accord, mais pour quelqu'un comme Michael Cragun, cela n'a rien d'extraordinaire. Pourquoi se donne-t-il tant de mal pour t'amener, toi, là où il veut?

— En fait, il ne se donne aucun mal. Rends-toi compte qu'il n'a qu'à donner un coup de fil ou un ordre à Henry et pouf... ses désirs deviennent des réalités!

Soulagée de s'être confiée à Erika, Nikki sentait son sens de l'humour reprendre le dessus.

– Je n'y crois pas, fit Erika en fronçant les sourcils. Pour un homme d'affaires comme lui, chaque minute est précieuse. Il doit avoir une bonne raison...

– Peut-être que ça l'amuse? J'ai l'impression que, pour lui, tout ça n'est qu'un vaste jeu.

Erika réfléchissait.

– Non, je ne peux pas avaler ça. Je veux bien admettre encore qu'au début il ait pris plaisir à te mener en bateau, excité par ton innocence. Mais pourquoi persévère-t-il?

– Demande-le-lui toi-même, proposa Nikki. Moi, je n'arrive pas à obtenir une réponse.

– Ecoute, Nikki. Sa mère t'a dit qu'il était sans doute amoureux de toi, mais qu'il fallait lui laisser le temps de s'en apercevoir. Après tout, c'est peut-être vrai? Elle le connaît mieux que toi, non?

– Oh! Erika! Elle pense que je l'aime, et c'est... ridicule! protesta Nikki. Peut-être qu'il me plaît un peu, c'est possible, mais c'est tout. Et puis, je t'ai raconté ce qu'il m'a dit... que j'étais une fille refoulée et sans expérience. Il n'a même pas essayé de me toucher pendant ce week-end, et Dieu sait si je l'ai encouragé! Tout ça n'est qu'une farce, un défi, ou je ne sais quoi. Je perdrais mon temps à essayer de découvrir ce qu'il a dans la tête. Je veux seulement rester avec toi quelques jours et samedi j'irai récupérer mes affaires. Mais j'ai peur d'y aller toute seule... Tu viendras avec moi?

Erika lui prit la main.

– Ne te fais pas de souci. En attendant, je peux te prêter des vêtements de rechange.

Arrivées à Yonkers, elles prirent la voiture

d'Erika pour aller jusqu'à l'hôpital rendre visite à Pamela Warren.

Détendue et de bonne humeur comme à l'ordinaire, Pam semblait particulièrement satisfaite de quelque chose, ce jour-là. Elle reçut chaleureusement Erika, enchantée de faire enfin sa connaissance, puis elle se dépêcha de dire à sa fille :

— Tu viens de rater Michael. Et la Floride? C'était bien?

Nikki pâlit. Heureusement qu'elles avaient mis du temps à garer la voiture! Dire qu'elle aurait pu se trouver nez à nez avec Michael! Elle en tremblait. Elle dissimula son trouble tant bien que mal, en bavardant à tort et à travers du beau temps qu'ils avaient eu, de la maison des Cragun, de sa promenade dans les Everglades et de la soirée du samedi. Sa mère prit sa nervosité pour de l'enthousiasme.

— Michael est un garçon adorable, approuva-t-elle.

Nikki faillit lui faire remarquer qu'il n'était plus tout à fait un petit garçon, mais elle retint sa langue. Mme Warren continuait à chanter ses louanges :

— Il prend vraiment soin de toi. Tu en as de la chance! Et son appartement? Comment le trouves-tu?

Le visage de Nikki s'enflamma. Elle dévisagea sa mère, se demandant jusqu'à quel point elle était au courant.

— Maman, commença-t-elle d'une voix étranglée, est-ce qu'il t'a dit quelque chose au sujet de ton appartement?

Mme Warren hocha la tête, l'air ravi.

— Bien sûr, on en a parlé vendredi. Il m'a suggéré de m'en défaire. C'est vraiment la meilleure solution.

Nikki maudit silencieusement cet homme qui prenait toujours les devants. Il se doutait bien qu'elle n'allait pas révéler à sa mère la nature véritable de leurs relations, au risque de la bouleverser.

Mais Nikki était étonnée qu'elle ait accepté aussi facilement sa cohabitation avec Michael. Même si elle le considérait quasiment comme un saint. Elle continua avec précaution son enquête.

– Tu sais que j'ai sous-loué mon appartement jusqu'au mois de juin?

Pamela acquiesça, comme si elle ne voyait pas là l'ombre d'un problème.

– Et tu penses que je peux habiter chez Michael? Tu trouves ça convenable? demanda-t-elle d'une voix presque hystérique.

– Chez un autre que lui, je t'aurais désapprouvée. Mais on peut faire confiance à Michael. Il n'est pas homme à profiter de la situation.

Pamela eut un petit sourire fatigué. Nikki n'insista pas. Elle attendrait la prochaine fois pour lui dire qu'elle vivait chez Erika. Elle resta encore quelques instants assise au chevet de sa mère jusqu'à ce que celle-ci, ayant fermé les yeux, s'endormît.

Nikki et Erika avaient beaucoup de travail ce mardi-là. A chaque fois que le téléphone sonnait, Nikki sursautait nerveusement. Michael ne l'appela pas. Heureusement qu'elle était trop occupée pour avoir le temps de s'apitoyer sur son sort. Le soir venu, Nikki avait tellement peur de le trouver devant la porte qu'elle se sentait physiquement malade. Michael mijotait sûrement une vengeance diabolique pour la punir de sa rébellion. Erika marchait tout près d'elle comme pour la protéger, mais elles ne l'aperçurent nulle part. La Cadillac n'était pas garée à l'endroit habituel, ce qui lui parut plutôt inquiétant. Elle soupçonnait Michael de s'être préparé à son évasion et d'avoir déjà prévu un plan d'action...

Arrivée chez Erika, Nikki appela sa mère pour lui expliquer qu'elle avait eu une journée épuisante et qu'elle était trop fatiguée pour aller la voir. Pam Warren prit bien la chose, mais elle était visiblement déçue. Nikki se sentait coupable. Elle ne pouvait tout de même pas continuer à éviter sa mère de peur de rencontrer Michael. Elle lui promit sa visite pour le lendemain.

La matinée du mercredi se passa sans que Michael se soit manifesté. Nikki commença à se détendre et à se persuader qu'il s'était tout bonnement lassé de faire joujou avec elle. Elle s'absenta quelques minutes de son bureau. A son retour, une de ses collègues lui lança un coup d'œil bizarre et s'exclama :

– Eh bien, on peut dire que tu fréquentes du beau monde! Tu as de la visite...

Nikki ne demanda même pas qui. Elle savait. Elle eut soudain envie de fuir. Seul le fait qu'Erika était là lui donna le courage d'entrer. Tremblante, le cœur au bord des lèvres, elle ouvrit la porte... et se trouva face à face avec Peter Delavan, le rédacteur en chef. Il était seul.

– Je suis venu vous inviter à déjeuner, lui dit-il. Non... ne me posez pas de questions. Vencz!

Nikki prit son sac et le suivit sans discuter, les regards de tous ses collègues braqués sur elle.

Le beau temps était enfin arrivé à New York. La neige avait fondu et la température était printanière. Apparemment embarrassé par ce qu'il avait à lui dire, Peter Delavan se mit à lui parler de choses et d'autres d'un ton faussement badin. Nikki resta sans réaction. Son silence mettait son patron terriblement mal à l'aise, mais c'était le cadet de ses soucis : elle était beaucoup trop bouleversée.

Il l'emmena dans un restaurant italien et lorsqu'ils furent installés un peu à l'écart, il se décida enfin à en venir au fait :

– Michael et moi, nous sommes amis depuis l'université, Nikki. Il m'a rendu de grands services. A dire vrai, sans lui, le journal ne serait pas ce qu'il est aujourd'hui.

Peter Delavan poussa un long soupir puis hocha lentement la tête.

– Et maintenant, continua-t-il, il me demande en quelque sorte de lui renvoyer l'ascenseur... Il m'a chargé de vous dire qu'il vous donnait jusqu'à vendredi. Je ne sais pas ce que ça veut dire, mais lundi prochain, à moins d'un contrordre, vous vous retrouverez au service des petites annonces. Après ça... vous serez purement et simplement renvoyée. Ce ne sera pas facile, à cause du syndicat. Mais ce que Michael veut, il l'obtient. Il avait l'air désolé.

» Si seulement vous me disiez de quoi il s'agit, Nikki.

Elle secoua la tête sans répondre. Même si elle avait eu envie de se confier à lui, elle n'aurait pas pu sortir un mot.

– Je ne suis pas fier de ce que je fais, croyez-moi, reprit Peter Delavan. Mais je n'ai pas le choix. Je lui dois trop. Je suppose que vous avez dû vous disputer tous les deux, ou quelque chose dans ce genre. Michael n'a pas le droit de se servir de moi pour vous influencer, mais il m'a vraiment acculé. Vous rendez-vous compte à quel point il doit vous aimer pour en arriver là?

Cette réflexion sortit Nikki de sa torpeur.

– Vous vous trompez, dit-elle amèrement, il ne m'aime pas du tout.

– Allons donc. Je connais Mike depuis dix ans et je ne l'ai jamais vu se comporter de cette façon. J'ai eu l'occasion de vous observer tous les deux, l'autre jour...

Nikki se leva, l'interrompant brusquement.

– Excusez-moi, marmonna-t-elle, je n'ai pas faim!

Sans attendre sa réponse, elle sortit précipitamment du restaurant.

Nikki s'arrêta sur le trottoir pour respirer un grand coup. Après tout, elle s'attendait bien à quelque chose de ce genre et elle était idiote de se laisser démonter. Si on essayait de la renvoyer, elle se battrait. Elle ne se laisserait pas lâchement impressionner. Non, elle n'en aurait que plus d'ardeur au combat. Michael était vraiment sans scrupules. Choisir un de ses meilleurs amis pour faire son sale travail! Elle n'en voulait pas à Peter Delavan. Il paraissait réellement convaincu que Michael était fou d'elle et il pensait avoir affaire à une querelle d'amoureux.

Nikki décida de se conduire comme si les menaces de Michael n'étaient que du bluff. Il voulait l'intimider pour qu'elle revienne. Ce n'aurait pas été dans son caractère d'abandonner la partie aussi facilement. Eh bien, s'il cherchait la bagarre, il l'aurait!

Ce soir-là, Nikki alla rendre visite à sa mère. Elle était tellement impatiente de se mesurer avec Michael qu'elle fut presque déçue de ne pas le rencontrer. Son désespoir s'était subitement transformé en une colère froide.

Jeudi après-midi, l'homme qui travaillait pour Michael et qui s'occupait de la boutique de Pam Warren l'appela au téléphone. Il toussa un peu, nerveux et gêné.

– Euh... mademoiselle Warren. Bob Jacobs à l'appareil. Avez-vous parlé à M. Cragun dernièrement?

– Non, répondit Nikki, résignée.

Elle avait déjà compris la suite.

– Je suis navré, mais il a besoin de moi au bureau. Je peux rester encore jusqu'à demain après-midi, mais après ça...

Il paraissait si sincèrement affecté que Nikki se sentit désolée pour lui.

– Bien sûr. Je comprends, répondit-elle gentiment. Merci pour tout ce que vous avez fait... Je vous en suis très reconnaissante.

Et avec un soupir, elle se replongea dans son travail.

Quand un peu plus tard l'hôpital l'appela, Nikki n'en fut qu'à moitié étonnée. Une certaine Mme Cardin l'informa que M. Cragun s'était plaint d'une erreur : un chèque qui faisait partie d'une donation avait été crédité par mégarde au compte de Pamela Warren.

– M. Cragun est très fâché. Il pense que c'est malhonnête de votre part de ne pas l'avoir signalé. Il m'a demandé combien vous deviez et quand je lui ai répondu que votre facture s'élevait à plus de $ 5 000, il a exigé que votre mère soit transférée sans plus attendre à l'hôpital municipal. Je suis désolée mais nous ne pouvons pas faire autrement : les Cragun sont tout-puissants à l'hôpital.

– Mais, ce n'est pas possible, protesta Nikki. Rien de tout cela n'est vrai. Je ne peux pas vous en dire plus, mais il faut me croire. Je vous paierai jusqu'au dernier centime. Pouvez-vous patienter un peu?

– Malheureusement non, mademoiselle Warren. Peu importe la vérité. Nous ne pouvons pas nous aliéner une famille qui nous fait don de millions de dollars chaque année. Mais honnêtement, je dois dire qu'il vaudrait mieux pour votre mère qu'elle reste ici si vous pouvez vous arranger.

Nikki réprima à grand-peine les larmes qui lui montaient aux yeux.

– Je... je comprends. Donnez-moi un peu de temps pour réfléchir. Puis-je vous rappeler demain matin?

Mme Cardin promit d'attendre son coup de téléphone à 9 heures sans faute.

Heureusement qu'Erika était là pour réconforter Nikki après chaque nouveau coup dur. Cependant, ce soir-là, Nikki était tellement abattue que même son amie fut impuissante à lui remonter le moral. La situation était devenue impossible.

– C'est bien simple, commenta Nikki, ou bien j'agis dans l'intérêt de ma mère, ou bien je ne m'occupe que de moi.

– Mais, Nikki, c'est tout simplement du chantage psychologique ! s'écria Erika révoltée. Tu ne pourrais pas t'adresser à la police ? Ou prendre un avocat ?

Nikki fit une grimace découragée.

– Et tu penses qu'on me croirait ? Et même si j'avais les moyens de m'offrir un avocat, tu sais combien de temps ça durerait ? Des mois... Non, il faut que je me décide maintenant.

Elle regarda droit devant elle et continua :

– Je n'ai pas le choix, Erika. La vie est étrange par moments. Quand ma mère a eu cette rechute, je me sentais complètement désemparée et incapable de faire face à la situation. Mais, comparé à ce que je ressens à présent, j'avais au moins l'esprit libre et serein. Ecoute, laisse-moi te remercier pour tout ce que tu as fait pour moi.

– Alors, tu vas le laisser faire la loi et revenir à lui comme si rien ne s'était passé ?

Nikki hocha la tête.

– Quand ? demanda Erika. Demain ?

Nikki pointa du doigt la Cadillac noire garée au coin de la rue.

– Tu vois cette limousine ? C'est celle de Michael. On dirait qu'il a senti que j'étais prête à hisser le drapeau blanc, fit-elle en haussant les épaules d'un air résigné. Pourquoi remettre à demain ce que je peux faire aujourd'hui ?

Erika la prit par le bras.

– Si je peux faire quelque chose...

Nikki secoua la tête. Lentement, elle se dirigea

vers la voiture sans un mot, elle s'installa à l'intérieur. Henry démarra aussitôt.

Il la conduisit directement chez Michael. Nikki ne dit rien, ne posa aucune question et monta directement s'enfermer dans sa chambre. Elle se mit à pleurer sans bruit, puis finit par se ressaisir. Elle ne voulait pas qu'*il* la voie les yeux rougis et la mine défaite.

Une heure plus tard, on frappa doucement à la porte. Sans attendre sa réponse, une petite femme boulotte et souriante entra, un plateau à la main.

– Je suis Suzanna Merola, dit-elle. Le patron doit rentrer tard ce soir et j'ai pensé que vous aviez peut-être faim.

Elle avait des manières chaleureuses et maternelles.

– Je sais ce que c'est, j'ai élevé deux filles. Mangez, vous vous sentirez mieux après.

Nikki en doutait mais Suzanna paraissait prendre son état tellement à cœur qu'elle accepta poliment.

– Eh bien, j'essaierai. Merci, madame Merola.

Le minestrone répandait une odeur si délicieuse qu'elle se sentit brusquement une faim dévorante. Elle ne verrait pas Michael ce soir, elle aurait tout le temps de se lamenter plus tard, se dit-elle en s'attaquant à son escalope de veau au marsala qui était suivie d'asperges fraîches et d'un gâteau au fromage blanc et à la cerise. Elle évitait de penser à ce qui allait se passer le lendemain, mais elle guettait malgré elle le pas de Michael dans l'escalier.

Elle ouvrit finalement la télévision et s'endormit au milieu du film.

Elle se réveilla à 5 h 30 du matin; elle ne s'était même pas déshabillée. Mais le poste de télévision était fermé et le plateau avait disparu. Quelqu'un avait posé sur elle une couverture. Suzanna probablement.

Nikki se leva et jeta un coup d'œil dans le couloir. La porte de la chambre de Michael était fermée. La maison était silencieuse. Elle se glissa dans la salle de bains. Le shampooing et la crème de rinçage dont elle se servait d'habitude étaient posés sur le rebord de la baignoire. Décidément, il pensait à tout! Il lui restait encore assez d'humour pour s'amuser de ce détail. Elle haussa les épaules puis se déshabilla et se mit sous la douche. Après quoi, ayant revêtu une robe de chambre à fleurs, elle descendit dans la cuisine chercher un jus d'orange.

A son grand désarroi, elle y trouva Michael en peignoir de bain qui buvait un café en lisant le journal. Il leva les yeux sur elle, puis replongea le nez dans la page sportive du *Sun*. Comme Nikki restait plantée là, sans faire un mouvement, réprimant son envie de fuir à toutes jambes, il finit par jeter son journal sur la table et se tourna vers elle.

– Bonjour. Bien dormi?

Le ton de sa voix reflétait une telle indifférence qu'on aurait dit qu'il s'adressait au chien du voisin.

Nikki ne savait pas quelle attitude adopter. Elle s'était juré de ne pas perdre son sang-froid. A chaque fois qu'ils s'étaient disputés c'est lui qui avait gagné. Elle opta finalement pour la politesse froide. Il serait trop content s'il s'apercevait, qu'au fond, elle tremblait de peur. Son cœur battait si fort qu'elle avait l'impression de défaillir, ses mains étaient moites, mais le pire de tout, c'était que, malgré la façon dont il la traitait, elle ne pouvait s'empêcher d'être subjuguée par cette force virile qui émanait de lui. Aucun homme n'avait jamais produit sur elle un effet pareil. Fallait-il que ce soit justement lui?

Elle s'efforça de copier son ton indifférent. Si elle arrivait à le convaincre que toute cette

comédie l'ennuyait à mourir, peut-être la laisserait-il en paix...

– Oui, merci.

Elle alla jusqu'au réfrigérateur et se servit à
boire.

– Je vous ai manqué? demanda-t-il en suivant
chacun de ses gestes du regard

– Non.

Son arrogance était si stupéfiante qu'elle dut
se retenir pour ne pas lui envoyer son verre à la
figure.

Michael sourit tranquillement et demanda :

– Vous m'en voulez?

– Vous n'en valez pas la peine, répliqua-t-elle
d'un ton léger.

– Vraiment? Quel coup pour mon amour-propre! s'écria-t-il ironiquement.

Nikki ignora sa repartie et but son jus d'orange. Comme elle reposait son verre, son regard
croisa celui de Michael.

– Vous devriez me remercier, reprit-il d'un ton
sarcastique. Je vous ai mis une couverture hier
soir. Je vous aurais déshabillée si je n'avais pas
eu peur d'être la proie de désirs incontrôla-
bles...

Réprimant la repartie venimeuse qu'elle avait
déjà sur les lèvres, Nikki haussa les épaules.

– Je vous en remercie, répondit-elle en s'ap-
prêtant à sortir.

– Décidément, vous ne mordez pas à l'hameçon ce matin.

Et il éclata de rire.

– Parfait! Revenez et asseyez-vous. Je vais vous
préparer un petit déjeuner.

– Je croyais que vous ne saviez rien faire
d'autre que les soufflés au chocolat! laissa-t-elle
échapper involontairement.

– Aussi les œufs brouillés, les toasts et le
café.

Il se leva et la prit par les épaules.

– Alors? Qu'en pensez-vous? demanda-t-il d'une voix caressante comme s'il cherchait à la séduire et non pas à lui faire la cuisine.

Elle s'écarta brusquement de lui.

– Non, merci. Le seul fait de vous voir m'a coupé l'appétit.

Cette fois, elle quitta la pièce sans qu'il essaie de la retenir.

Seule dans sa chambre, Nikki revivait la scène qui venait d'avoir lieu. Michael s'était montré tour à tour froid et ironique. S'il s'était vanté de sa victoire, elle aurait pu donner libre cours à sa colère. Mais au lieu de ça, elle ne savait plus très bien où elle en était. Ce qu'elle ressentait était un mélange de fureur et de quelque chose d'autre.

L'attitude glacée qu'elle avait affectée avait paru l'amuser. A vrai dire, il n'attachait guère d'importance à ses états d'âme et Nikki, qui n'avait pas l'habitude d'être traitée en quantité négligeable, était déconcertée de jouer le rôle d'une petite souris entre les pattes d'un gros chat. Essuyant ses yeux humides du revers de la main, elle mit la télévision en marche.

Elle regardait les informations quand Michael poussa doucement la porte de sa chambre et entra sans qu'elle le voie. Il s'approcha du divan sur la pointe des pieds et lui prit le menton. Elle fut tellement surprise qu'elle se raidit des pieds à la tête.

– Calmez-vous. Je n'ai pas l'intention de vous attaquer, dit-il en fronçant les sourcils. Après votre chaleureux accueil de ce matin, vous serez sûrement heureuse d'apprendre que je pars pour le week-end. Je suis venu vous dire au revoir, car je ne repasserai pas par la maison ce soir. Je ne viendrai pas forcer votre porte jusqu'à dimanche soir...

– C'est votre porte, rétorqua Nikki. Vous pouvez en faire ce que vous voulez.

– Ça ne vous intéresse pas de savoir où je vais? lui demanda-t-il comme pour l'agacer.

– Figurez-vous, monsieur Cragun, que j'ai vécu très heureuse pendant vingt-trois ans sans avoir la moindre idée de votre existence ni de ce que vous pouviez bien faire!

Mais à son grand dépit, ses yeux se remplirent de larmes. Elle les essuya et renifla bruyamment.

– Oh! Et puis laissez-moi tranquille! s'écria-t-elle.

Il ne prêta même pas attention à ce mouvement d'humeur. S'asseyant sur le rebord du divan, il écrasa soigneusement une larme qui roulait encore sur la joue de Nikki. Elle détourna la tête et voulut se lever, mais il l'en empêcha.

– Ne pleurez pas, Nikki, dit-il d'une voix un peu rauque.

Il passa la main dans ses longs cheveux soyeux, enroulant une mèche autour de ses doigts. Nikki était comme paralysée. Cette caresse la troublait au plus profond d'elle-même. Une chaleur étrange envahissait peu à peu tout son être. Michael semblait attendre la réponse. Il savait sûrement qu'elle mourait d'envie de la lui donner.

Une image traversa subitement son esprit : elle lui tendait son visage, cherchant les lèvres de Michael. Mais une seconde image la rappela aussitôt à elle-même : elle sortait de chez Pete Delavan et Michael l'embrassait pour lui faire passer sa colère. Il prenait un malin plaisir à jouer avec ses sentiments. Rien ne lui plairait mieux que de la séduire maintenant, puis de partir en week-end, sachant qu'elle attendrait son retour comme un chien attend son maître.

Elle se leva d'un bond et lui tourna le dos. Elle l'entendit jurer à voix basse.

– Vous savez très bien que vous aimez mes caresses. Est-ce que vous me prenez pour un monstre? Que diable vous arrive-t-il? demanda-t-il impatiemment.

Relevant le menton, elle lui fit face.

– Sortez d'ici! lui cria-t-elle. Je vous méprise!

Elle tremblait, furieuse autant contre elle-même que contre lui.

– Vous m'avez forcée à revenir et je vous déteste à cause de ça. Et vous vous trompez! Je ne supporte pas que vous me touchiez et je me ferai avorter cent fois plutôt que de porter votre enfant. Ai-je répondu à votre question?

Michael sortit en claquant la porte derrière lui.

Nikki arriva au journal avec plus d'une heure de retard, apparemment calme et détendue. Mais en réalité, elle était encore horrifiée par ce qu'elle avait dit à Michael. L'avortement n'était pas une chose qu'elle prenait à la légère... surtout pas quand il s'agissait de l'enfant de Michael... et du sien. Non seulement elle ne le détestait pas, mais elle se sentait irrésistiblement attirée par lui. Ses sentiments étaient confus, elle n'y voyait plus clair. Ces trois jours bénis de liberté tombaient bien car elle avait grand besoin de mettre de l'ordre dans ses idées.

Nikki était touchée par l'inquiétude d'Erika à son sujet, mais elle n'avait pas envie de lui confier ses problèmes en revivant la scène qu'elle avait eue avec Michael. Elle se contenta de la rassurer de façon évasive.

Un peu plus tard dans la matinée, un coursier lui apporta une enveloppe à en-tête de la CAI. Elle contenait une liasse de billets ainsi qu'un petit mot.

   « Nikki,
Profitez bien de ce week-end comme j'ai l'intention de le faire de mon côté. Voici un peu d'argent de poche.

                                              M.

P.-S. Vous aurez le droit de me remercier quand nous nous verrons. »

Elle compta l'argent d'une main tremblante de colère. $ 200! Pour qui se prenait-il? Et pour qui la prenait-il? Elle n'en dépenserait pas un sou! Il pouvait bien garder son sale argent! Elle partagerait son week-end entre les visites à sa mère et la lecture. Le visage en feu, elle jeta l'argent dans son sac, espérant que personne ne l'avait vu.

Nikki ne passa pas beaucoup de temps avec sa mère, ce vendredi-là. Elle fut interrompue par la visite d'un médecin, du nom de Stephen Rowland. Se sentant de trop, elle s'éclipsa.

Elle fit un peu de lèche-vitrine, resta chez elle à lire toute la journée du samedi et retourna à l'hôpital le dimanche après-midi. En entrant dans la chambre de sa mère, elle trouva le Dr Rowland, un quinquagénaire sympathique et jovial, assis à son chevet et lui tenant la main.

Nikki embrassa Pamela tout en se demandant ce que ce docteur faisait là. Stephen Rowland lui sourit.

– J'ai rencontré votre mère cet hiver dans sa boutique, Nikki. Je... euh... J'y suis retourné plusieurs fois depuis...

A la grande surprise de Nikki il la prit doucement par le bras et l'entraîna dans le couloir.

– J'ai tout de suite pensé que Pamela était une femme exceptionnelle, continua-t-il d'une voix sincère, mais le courage dont elle a fait preuve ces dernières semaines n'a fait que renforcer mon opinion.

Il s'arrêta et dévisagea Nikki comme s'il attendait un signe d'approbation. Elle était tout à fait d'accord avec lui, mais elle était un peu gênée d'être traitée comme si elle chaperonnait sa propre mère. Rompant le silence, le Dr Rowland poursuivit :

– Je comprends maintenant ce que mon gendre a dû ressentir quand il m'a demandé la main de ma fille. Je voulais simplement vous dire que je suis un homme respectable. Ma femme est morte il y a deux ans. En plus de ma fille, j'ai un fils de vingt-cinq ans et mes intentions sont tout à fait honorables.

Nikki avait rougi jusqu'aux oreilles.

– Est-ce que vous me demandez la permission d'épouser ma mère ?

– Non, non, répondit-il en toute hâte. Nous ne nous connaissons pas encore assez bien. Mais les infirmières m'ont prévenu que vous veillez sur elle avec un soin jaloux. Je... je voulais vous rassurer à mon sujet, c'est tout.

Nikki leva timidement les yeux sur Stephen Rowland.

– Apparemment, vous soignez très bien vos malades, docteur, et je ne me fais pas de souci. J'ai été très contente de vous rencontrer et j'ai l'impression que nous sommes appelés à nous revoir.

Il serra la main de Nikki en lui faisant un clin d'œil.

– Vous pouvez y compter.

Le Dr Rowland fit un petit signe de la main à Pam Warren par la porte entrebâillée et s'éloigna à grandes enjambées.

L'air songeur, Nikki retourna s'asseoir auprès de sa mère.

– J'ai quelque chose à te dire, maman.

Elle fit une pause, cherchant ses mots. Son cœur battait de façon désordonnée. Toute sa vie elle s'était fiée aux conseils de sa mère, et voilà qu'aujourd'hui les rôles étaient inversés.

– Cet homme t'aime beaucoup, maman. Il est médecin et il sait tout sur ton état de santé... Non, ne m'interromps pas. Laisse-moi finir. Je sais que papa et toi étiez très proches. La douleur de le perdre...

Sa voix faiblit, mais Nikki reprit plus fermement :

— Tu n'as que quarante-cinq ans... Promets-moi de garder l'esprit ouvert

Pamela Warren regarda sa fille, les yeux voilés de larmes.

— Quel discours! fit-elle en souriant. Tu sais, je m'inquiétais à ton sujet. Toi et ton père, vous étiez assez... particuliers. Mais j'ai toujours pensé que la vie était faite pour être vécue, non pour qu'on la fuie. Je promets, Nicole, mais toi aussi tu dois faire un effort de ton côté.

Nikki poussa un long soupir et sourit :

— Eh bien, je suis contente de m'en être si bien tirée.

Elles bavardèrent encore un moment mais dès que Nikki s'aperçut que sa mère tombait de sommeil, elle prit congé.

— A propos, maman, dit-elle sans rien laisser percer de ses sentiments, j'ai oublié de te le dire vendredi, mais je ne suis plus chez Erika...

— Je sais, chérie. Michael m'a appelée mercredi pour m'annoncer que tu étais chez lui. Il y a longtemps qu'il n'est pas venu me voir, d'ailleurs. Dis-lui qu'il me manque.

Nikki se figea. Mercredi? Elle était revenue chez lui jeudi. Cette arrogance et cette confiance illimitée qu'il avait en lui la révoltaient.

— Il est parti pour le week-end, dit-elle sèchement. Je lui dirai que tu l'as réclamé... si je le vois.

Pamela, déjà à moitié endormie, ne remarqua pas la fureur de sa fille. Henry reconduisit Nikki à la maison où l'attendait un succulent dîner préparé par Suzanna. Mais contrariée comme elle l'était, elle ne put rien avaler ce soir-là.

6

Nikki sortit de la chambre de Michael, un sourire malicieux aux lèvres. Sa colère s'était dissipée pour faire place à une humeur espiègle. Avec assez d'humour et d'imagination, elle allait peut-être finir par prendre plaisir à son emprisonnement.

Elle avait acheté la veille un serpent en caoutchouc et venait de le placer sur l'oreiller de Michael. Puis elle avait soigneusement remis la couverture par-dessus. Elle s'était attardée un moment dans la chambre, regardant tout ce qui s'y trouvait. Cet homme était équipé pour soutenir un siège, semblait-il. Rien n'y manquait. Le placard où il rangeait ses vêtements était de la taille d'une petite pièce et, derrière, se trouvait encore un office équipé d'un réfrigérateur, d'une cuisinière électrique et d'un bar. Dans la salle de bains, Nikki eut la surprise de voir une baignoire japonaise où deux personnes auraient pu tenir à l'aise. Sans doute Michael profitait-il pleinement de cette possibilité...

Nikki prit une douche, alluma la télévision et se blottit sur son lit. Une fois de plus, elle s'endormit au milieu du film.

Elle fut tirée de son sommeil par un cri de femme, suivi d'un éclat de rire masculin. Elle se redressa brusquement, serrant sur elle sa robe de chambre. La porte s'ouvrit brusquement et Michael entra. Pieds et torse nus, il tenait à la main le serpent en caoutchouc.

– Votre charmante petite bête a trouvé le moyen de se glisser dans ma chambre, lui dit-il d'un ton parfaitement naturel.

Nikki essaya de comprendre s'il était en colère ou simplement ennuyé et blasé. Si elle savourait sa vengeance, elle craignait tout de même sa réaction. Son visage était impassible, mais elle décela dans ses yeux une lueur amusée.

– Je suppose que mon serpent recherche la compagnie des siens, répondit-elle en imitant son ton de voix détaché.

– Vraiment? Quel petit futé! Il s'est débrouillé pour entrer dans la tanière du roi de la jungle. Comme il va être déçu d'avoir à rester avec vous! répliqua-t-il du tac au tac. Quant à vous, mademoiselle Warren, vous allez vous lever et venir faire vos excuses à Mlle Dunne. Elle a eu une telle frayeur qu'elle risque de ne pas retrouver sa voix avant une semaine.

Mlle Dunne? Nikki ne pouvait pas nier que la rousse et voluptueuse Elianna Dunne avait le physique et la voix d'un ange. Mais elle se conduisait plutôt comme une diablesse, pensa-t-elle avec dédain. Personne n'avait oublié le scandale qu'elle avait provoqué il y a quelques années lorsqu'elle avait insisté pour apparaître complètement nue dans une scène d'amour. Maintenant, Nikki savait au moins avec qui Michael avait passé son week-end. Mais elle n'avait pas l'intention de se lever au milieu de la nuit pour aller s'excuser auprès de sa maîtresse dans sa chambre à coucher. Son refus se lisait clairement sur son visage.

– Debout et finissons-en, mademoiselle Warren! Je ne voudrais pas avoir à vous y traîner de force, dit-il méchamment.

De toute évidence, cette situation lui plaisait énormément. Il aurait même été enchanté qu'elle s'obstine afin de mettre sa menace à exécution. Toutefois cette perspective amena Nikki à changer d'avis. Elle ramena ses cheveux en arrière et se leva.

Elianna Dunne se tenait à côté du lit, vêtue seulement d'une chemise de nuit noire qui laissait peu de place à l'imagination. Quand elle aperçut Nikki, elle haussa les sourcils avec arrogance, d'un air interrogateur.

Dans sa robe de chambre rose, Nikki ressemblait plutôt à une adolescente.

– C'est... euh... une amie de la famille. Je garde la petite Nikki pendant que sa maman est à l'hôpital, expliqua Michael, le visage figé.

La petite Nikki! Vraiment elle avait envie de prendre un oreiller et de le lui jeter à la figure. Mais elle eut une autre idée. Elle répondit en zozotant :

– Je suis tellement contente de vous rencontrer, mademoiselle Dunne. Je suis désolée que mon serpent vous ait fait peur. C'était une farce pour oncle Michael.

Elle lança un long regard innocent à son soi-disant oncle.

– Tu es sûr que tu ne veux pas dormir avec mon petit favori? Vous êtes faits pour vous entendre tous les deux...

Michael lui tendit le serpent.

– Tu vas dormir avec lui. Moi je préfère Mlle Dunne.

Ne sachant que dire, Nikki rougit et se dirigea vers la porte. En passant devant Michael, elle lui glissa à voix basse :

– Amusez-vous bien, oncle Michael!

Il se mit à rire et referma la porte derrière elle.

De retour dans sa chambre, Nikki s'aperçut qu'il était plus de 10 heures. Elle avait dormi une heure à peu près et maintenant elle était tout à fait réveillée. Elle pensait à Elianna Dunne. Elle était incontestablement aussi désirable et raffinée qu'elle était douée, mais Nikki ne pouvait s'empêcher d'éprouver une forte antipathie pour cette diva.

Elle aurait dû être ravie que Mlle Dunne accapare l'attention de Michael : peut-être la laisserait-il maintenant tranquille ? Mais à la pensée qu'ils étaient en ce moment dans les bras l'un de l'autre, elle se sentait physiquement malade.

Nikki ne s'était jamais permis de s'ériger en juge de la moralité des autres. Michael n'était pas du genre à vivre en moine et sa vie privée ne la regardait pas le moins du monde.

Et pourtant, allongée sur le ventre, elle prit soudain conscience qu'elle aurait volontiers étranglé Elianna Dunne de ses propres mains... elle ou toute autre femme partageant le lit de Michael...

« Quelle idiote je suis! se dit-elle en secouant la tête. Tomber amoureuse d'un homme qui me prend pour une poupée sans cervelle... »

Elle se sentait comme un animal traqué. Sa fierté lui commandait de ne jamais laisser deviner son amour à Michael. Il ne ferait que s'amuser d'elle et en profiter. La seule manière qu'elle avait de se défendre, c'était d'être tellement désagréable avec lui qu'il finirait par n'avoir plus qu'une envie : se débarrasser d'elle.

Nikki entendit des voix dans le couloir, puis la porte d'entrée claqua. Ils avaient probablement décidé d'aller passer la nuit chez Elianna Dunne.

Elle était déterminée à tout faire pour éviter Michael. Ce qui se révéla beaucoup plus simple qu'elle ne l'avait craint. Michael était un véritable bourreau de travail, qui passait quatorze ou quinze heures par jour à son bureau. Il quittait la

maison vers 7 heures du matin et, comme Nikki
ne commençait qu'à 8 h 30, elle n'avait qu'à attendre qu'il soit parti pour s'aventurer hors de sa
chambre.

Lundi matin, elle posa l'enveloppe avec les
$ 200 sur sa table de chevet. Michael ne fit aucun
commentaire, mais mardi matin elle s'aperçut
que l'enveloppe avait disparu.

Chaque soir, Suzanna préparait de bons petits
plats et elle se vexait si Nikki n'y faisait pas
honneur. Résultat : elle prit 2 kilos en moins
d'une semaine. Après dîner, Nikki se réfugiait
dans sa chambre pour lire ou regarder la télévision. Allongée sur son lit, elle guettait le pas de
Michael et son cœur battait à tout rompre jusqu'à ce qu'il ait fermé sa porte, craignant toujours de le voir faire irruption dans sa chambre.
Après tout, il l'avait déjà fait à deux reprises, sans
même se donner la peine de frapper, comme s'il
était le seigneur et maître.

Nikki devenait de plus en plus aimable avec les
hommes qui l'approchaient, y compris son
patron Ron Martens. Elle avait d'abord pensé
que ses sourires relevaient de la pure coquetterie
féminine, mais elle comprit bientôt que c'était
son amour-propre, blessé par Michael, qui avait
besoin d'être flatté. Elle était disposée maintenant à accepter toutes les invitations qu'on pourrait lui faire.

Au journal, elle avait acquis la réputation
d'être inabordable. Elle n'était pas rébarbative,
non, mais sa beauté, son intelligence et son
attitude prudemment distante donnaient à la
plupart des hommes l'impression qu'elle était
trop bien pour eux. Nikki le sentait bien et était
décidée à corriger cette image qu'on se faisait
d'elle.

Elle ne se rendait pas compte que c'était une
tâche pratiquement impossible. Un de ses collègues l'ayant vue un jour descendre de la Cadillac

de Michael, il s'était promptement renseigné pour savoir à qui elle appartenait. Elle avait été dès lors considérée comme la propriété exclusive de M. Cragun, président de la CAI. C'était comme si elle avait porté une grande pancarte : « Ne pas toucher ».

Vendredi matin passa sans qu'aucun des hommes avec lesquels elle avait été résolument charmante ne l'ait invitée à sortir. Elle commençait à se demander ce qui n'allait pas chez elle. Un peu plus, elle aurait posé la question au premier d'entre eux.

Ce jour-là, elle avait rendez-vous avec son patron pour discuter certaines demandes d'emploi. C'était le moment ou jamais d'orienter la conversation sur son manque de succès. Contrairement à son habitude, elle avait l'air visiblement préoccupé. Comment allait-elle formuler sa question? Tandis qu'ils discutaient affaires, elle n'arrivait pas à se concentrer et regardait par la fenêtre d'un air absent. Au bout d'un moment, Ron s'interrompit :

– Quelque chose ne va pas, Nikki? A part le fait que nous avons trop de bons candidats et pas assez d'emplois?

Elle pâlit. L'instant était venu.

– Ron (c'était la première fois qu'elle l'appelait par son prénom), est-ce que j'ai quelque chose d'anormal? Je veux dire... quelque chose qui ne plaît pas aux hommes?

– Quoi?

Il était franchement stupéfait.

– C'est une plaisanterie? Vous savez bien que la plupart des gars au journal sont fous de vous.

– Ce n'est pas vrai, marmonna-t-elle en le regardant dans les yeux pour voir s'il était vraiment sincère. Personne ne m'invite jamais à sortir... même pas à prendre une tasse de café.

Ron Martens eut brusquement l'air gêné.

– Vous savez comment c'est, commença-t-il d'un ton qui trahissait son embarras. Un homme n'aime pas chasser sur le territoire d'un autre... surtout dans ce cas.

Le sang de Nikki ne fit qu'un tour.

– Evitez les métaphores et dites-moi clairement ce que vous avez en tête.

Ayant retrouvé son assurance, Ron croisa les mains derrière la nuque et se renversa dans son siège.

– Bien sûr, pourquoi pas? Vous venez au travail en Cadillac. Sam vous a vue. Il a eu vite fait de découvrir qu'elle appartenait à Michael Cragun. Pour parler franc, tout le monde ici pense que vous êtes sa maîtresse.

Le ton indiquait clairement sa réprobation.

– Eh bien, c'est faux! protesta Nikki avec véhémence, furieuse que Michael bouleverse ainsi son existence. J'habite chez lui parce que... ce sont mes affaires et personne n'a besoin de savoir pourquoi. Mais c'est tout! Je ne l'ai même pas vu depuis dimanche. Je vis ma vie et je ne suis pas la propriété de M. Cragun ni de qui que ce soit!

– Mes excuses, mademoiselle Warren, lui dit Ron en souriant. Dans ce cas, que diriez-vous de dîner avec moi ce soir?

Nikki se calma et répondit d'un ton léger :

– Avec plaisir, Ron.

Elle faillit oublier de prévenir Henry de ne pas se déranger. Elle eut Suzanna au téléphone qui se chargea de son message et lui souhaita de bien s'amuser. Nikki apprit par elle que Michael était à une soirée de bienfaisance et elle poussa un soupir de soulagement : il ne saurait jamais qu'elle était sortie avec Ron.

Ils allèrent dans un restaurant japonais réputé. Après un verre de vin blanc, Nikki prit son courage à deux mains et goûta le poisson cru accompagné d'une sauce tellement épicée que quelques gouttes suffirent à lui enflammer la bouche. Ils prirent ensuite une soupe de fruits de mer et une salade japonaise, se partageant également une portion de *shabu-shabu*, de la viande et des légumes découpés et cuits dans un bouillon sur la table, devant eux.

Ron était un compagnon très agréable, à la fois séduisant et intéressant. Après le dîner, ils continuèrent à bavarder tout en dégustant leur vin.

Ron insista pour raccompagner Nikki jusque chez Michael. Il lui avait d'abord proposé de venir chez lui prendre le café, mais elle ne se sentait pas d'humeur à subir ses assauts galants et elle avait poliment refusé. Elle n'avait pas non plus l'intention de le faire entrer chez Michael, mais quand il lui demanda de faire le tour du propriétaire, elle se sentit obligée d'accepter. Après avoir jeté un coup d'œil au rez-de-chaussée, il s'installa sur le sofa du salon à côté de Nikki. La maison paraissait vide. Nikki lui raconta comment la statue antique qui se trouvait sur un piédestal au milieu de la pièce avait été découverte lors d'une expédition archéologique. Ron écoutait d'une oreille distraite. Il passa son bras autour des épaules de Nikki et lui dit d'une voix rauque :

– Je n'ai pas tellement envie de parler de la collection de M. Cragun. En fait, je n'ai pas envie de parler du tout.

Il se mit à l'embrasser avec lenteur et délicatesse. Nikki trouvait cela plutôt agréable, sans plus. Ron avait certainement l'expérience des femmes, de leurs désirs, et il s'appliquait à les satisfaire. Nikki l'aimait bien et elle avait envie de vérifier si Ron était capable d'éveiller en elle les mêmes émotions que Michael.

Elle se tourna vers lui, posa la main sur sa joue et l'embrassa à son tour. Jusque-là, il avait montré beaucoup de retenue, comme s'il avait peur de l'effrayer. Mais avec chaque minute qui pas-

sait, ses baisers se faisaient de plus en plus
fougueux et passionnés. Il la serra contre lui,
enfonçant les doigts dans sa chair. Nikki pouvait
sentir les battements de son cœur et, au rythme
inégal de sa respiration, elle comprit qu'il était
beaucoup plus ému qu'elle. Quand il lui glissa la
main sous sa robe, elle se raidit et tenta de le
repousser. Il ne fit que la serrer plus fort en lui
murmurant à l'oreille :

– Venez chez moi, Nikki. Je vous en prie.

– Ron, non... protesta-t-elle.

Mais elle ne put en dire plus : il avait de
nouveau posé sa bouche sur la sienne. Elle
n'avait pas peur. Après tout, que pouvait-il arriver en plein salon, chez Michael? Elle avait tout
simplement envie qu'il la laisse tranquille. Elle
essayait en vain de s'arracher à lui lorsqu'une
voix s'éleva derrière eux :

– Il serait temps de mettre un point final
à ce combat de catch. Disons qu'il y a match
nul !

Ron Martens se retourna à regret. Le visage
couvert de sueur, la cravate de travers, il offrait
un vivant contraste avec Michael, appuyé négligemment au chambranle de la porte, encore vêtu
de son smoking noir. Il avait l'air d'être là depuis
un bon moment.

Depuis quand? Nikki ne l'avait pas entendu
arriver. Il était peut-être passé par l'entrée de
service? Elle gardait les yeux obstinément bais-
sés sur les dessins du tapis d'Orient.

– A qui ai-je l'honneur? demanda Michael.

– Ron Martens, monsieur Cragun. Bonsoir.

Ils se serrèrent la main avec froideur, ignorant
complètement Nikki.

– Ron Martens? Le patron de Nikki? C'est
bien ça?

– Exactement, répondit-il, sur la défensive.

– Dans ce cas, continua Michael d'un air narquois, je serais assez d'avis que vous vous en

teniez à des relations strictement professionnel-
les.

C'était une provocation délibérée et Ron commit l'erreur de mordre à l'hameçon.

– Nikki a le droit de mener sa vie comme elle
l'entend. Quant à moi, Cragun, je sais ce que j'ai à
faire.

– Vous, oui, mais pas Nikki. Elle est sous ma
responsabilité et elle fera ce que je lui dis de
faire, répliqua Michael avec hauteur.

Du coup, elle releva les yeux et lui lança un
regard furibond.

– Vous n'êtes pas mon chaperon, monsieur
Cragun. Je sortirai avec qui bon me semble, quoi
que vous puissiez en dire ou en penser.

– Vraiment? fit-il en se moquant. (Puis, en
étouffant un bâillement :) Bien, les enfants, la
récréation est terminée!

Ron Martens était hors de lui.

– Ne me parlez pas sur ce ton, Cragun! Je suis
plus vieux que vous. Quant à Nikki, à elle de
décider ce qu'elle veut faire.

– Ron, je vous en prie... Vous feriez mieux de
partir, intervint Nikki.

Elle connaissait assez Michael pour savoir
qu'en dépit de son attitude détendue et badine, il
était sur le point de perdre son sang-froid. Elle
n'aurait pas été étonnée qu'il prenne Ron par la
peau du cou et le jette dehors.

Michael la toisa d'un regard impérieux.

– Bonne idée, mademoiselle Warren, dit-il
avec ironie. (Son œil glacé s'arrêta sur Ron
Martens.) Mais au cas où vous ne m'auriez pas
bien compris, Martens, je vais mettre les points
sur les *i* : sortez de chez moi et n'y remettez
jamais les pieds!

Et pour lui signifier encore mieux son congé, il
lui lança sa veste et son manteau.

Ron marcha d'un pas raide jusqu'à la porte.
Nikki voulut le suivre pour s'excuser, mais

Michael l'attrapa fermement par le bras.

– Vous, restez ici!

Jusque-là elle s'était retenue, de crainte que Ron ne se sente obligé de prendre son parti. Et dans une lutte avec Michael, elle ne savait que trop bien qui aurait finalement atterri sur le coûteux tapis d'Orient. Mais dès qu'elle entendit la porte claquer, elle laissa libre cours à sa fureur. Elle lui arracha son bras et recula pour ne pas succomber à l'envie qu'elle avait de le gifler.

– Ignoble individu! Monstre! Ne me touchez pas! Depuis quand vous permettez-vous d'intervenir dans ma vie privée?

Il se mit à lui faire la leçon comme à une enfant têtue.

– Calmez-vous, Nikki. Nous ne discuterons pas ce soir, vous êtes bien trop remontée. Nous en parlerons...

– Maintenant! s'écria-t-elle rageusement. Vous étiez là à nous épier. Vous êtes un malade, voilà ce que je pense.

– Très bien, répondit-il, très maître de lui. Parlons, puisque c'est ça que vous voulez. J'ai été témoin de votre petite scène d'amour depuis le commencement jusqu'à la fin et j'ai eu l'impression que vous aviez besoin d'aide. A dire vrai, vous aviez l'air assez enthousiaste au début, mais quand Martens a commencé à pousser plus loin son avantage, vous n'avez pas tardé à vous rebiffer. Et parce que ce type essayait de vous violer dans mon salon, c'est après moi que vous êtes en colère?

– Il n'essayait pas du tout de me violer, lança-t-elle avec dédain. Et puis, je suis assez grande pour me défendre toute seule. Je n'ai pas besoin de vous! De toute manière, ce que je fais ne vous regarde pas.

Elle leva la main comme pour le gifler, mais il lui attrapa le poignet.

– Décidément, vous ne comprendrez jamais, dit-il d'un ton menaçant qui laissait à présent percer sa colère.

Comme s'il voulait lui prouver sa supériorité, il lui tordit le bras. Stupéfaite par cette soudaine brutalité, elle n'eut même pas le réflexe de se défendre ou de répondre.

– Vous ne sortirez avec personne. C'est clair? continua-t-il d'un ton cassant. Si vous devez avoir un enfant, je veux être sûr que ce soit le mien!

Il promena ses yeux sur tout son corps d'une manière délibérément insultante. Quand il lâcha son poignet et l'attira contre lui, Nikki eut un instant de panique. Elle avait pris des cours d'autodéfense à l'université. C'était le moment de s'en servir. Elle lui lança un violent coup de genou dans l'aine. Michael, pris au dépourvu, se plia en deux, souffrant visiblement le martyre.

– Michael?

Sa peur et sa colère subitement évanouies, Nikki était horrifiée à l'idée qu'elle avait pu le blesser sérieusement.

– Michael? Ça va? murmura-t-elle.

Il se redressa péniblement. Le visage livide, il esquissa tout de même un sourire forcé.

– Je commence à croire que je vous ai sous-estimée. Vous avez peut-être raison : vous pouvez vous défendre toute seule! Vous auriez probablement réduit Martens en bouillie!

Le lendemain matin, Nikki entra en hésitant dans la cuisine. Suzanna était en train de préparer une omelette aux champignons. Michael et Henry, assis à table, buvaient leur café en parcourant le journal du matin. Rassurée, elle fit un sourire à Suzanna et, en s'approchant, saisit la fin de la conversation des deux hommes :

– ... et vérifiez qu'il y a assez d'alcool, Henry, disait Michael à son chauffeur. Je ne sais pas ce que Suzanna a concocté, aussi je vous donne carte blanche en ce qui concerne le vin.

Il se tourna enfin vers Nikki qui se tenait quelques pas en retrait.

– Bonjour! C'est vous la femme au genou d'acier? demanda-t-il d'un air moqueur.

– Je suis désolée, Michael, je...

– N'en parlons plus. Peut-être que je le méritais, fit-il en haussant les épaules.

Il se leva pour lui avancer une chaise.

– Après le petit déjeuner, nous allons voir votre mère.

Nikki se rebiffa aussitôt.

– Encore un ordre, monsieur Cragun?

Il lui adressa un petit sourire ironique et plaça une main devant lui comme pour prévenir une attaque.

– Pardonnez-moi, madame. Je vais devoir apprendre à être plus poli avec vous, si je comprends bien?

– Ça nous changerait agréablement, approuva-t-elle.

– Vous avez raison. (Il prit un accent particulièrement snob.) Accepteriez-vous d'honorer de votre présence ce soir un petit dîner intime et tout à fait sélect?

– Ici?

– Bien sûr, ici, répondit-il. Je ne suis pas vraiment un paria, vous savez. Il m'arrive de recevoir plus d'une personne à la fois...

Nikki pensa aussitôt à Elianna Dunne. Elle espérait de toutes ses forces que la soprano de charme serait retenue sur scène ce soir par un très long opéra. Mais elle ne commit pas la faute de réclamer à Michael la liste de ses invités. Il était d'humeur plaisante et badine, et le monde autour d'elle prenait d'autres couleurs.

– Je me réjouis à l'avance de faire la connaissance de vos amis, Michael. Si je peux vous aider d'une manière ou d'une autre...

116

– Oui, répondit-il en lui adressant son plus séduisant sourire. Vous pouvez manger votre petit déjeuner, venir avec moi chez votre mère et ensuite vous faire une beauté. Je veux que vous soyez plus ravissante que jamais, ce soir. (Puis il ajouta en riant :) S'il vous plaît!

« Regardez-moi encore avec ces yeux-là, songea Nikki, et je me traînerai pour vous jusqu'en Chine sur les genoux! »

Michael conduisit lui-même la Cadillac jusqu'à l'hôpital, en dépit des protestations d'Henry qui prétendait que, s'il restait à la maison, Suzanna allait encore lui trouver quelque corvée à faire.

Comme ils approchaient du Bronx, Nikki expliqua à Michael que sa mère se plaignait qu'il ne soit pas venu la voir depuis dimanche.

– Vous lui manquez. Dieu sait pourquoi, elle s'est entichée de vous.

– Je suis heureux d'être apprécié au moins par une des Warren, dit-il en plaisantant. Mais je me tiens au courant de son état de santé. Stephen Rowland est un ami de mon père. C'est lui qui l'a opéré du cœur il y a quelques années. Vous voyez de qui je veux parler?

Nikki hocha la tête.

– Je l'ai surpris tenant la main de maman dans la sienne l'autre jour. Il est très sympathique.

– Oui, répondit Michael en lui jetant un bref coup d'œil.

Il alluma la radio et l'éteignit presque aussitôt.

– Ecoutez, Nikki. Au sujet d'hier soir...

– Est-ce qu'il faut vraiment parler de ça? demanda-t-elle un peu inquiète. Tâchons plutôt de l'oublier.

– Si, justement, il faut en parler, insista-t-il d'un ton persuasif. Détendez-vous, voyons, je ne vais pas vous manger. Je ne suis ni un ignoble individu ni un monstre, comme vous semblez le croire. Mais pour ce qui est du reste, vous avez raison. J'y ai été un peu fort. Si vous voulez sortir avec Martens, allez-y. Ce n'est pas à moi de vous en empêcher, même si je pense que vous méritez beaucoup mieux. Je voudrais que vous vous sentiez ici chez vous. C'est vrai que je n'ai aucun droit à diriger votre vie, mais maintenant, le moins que je puisse faire, c'est de veiller sur vous. C'est devenu une habitude en quelque sorte...

Il lui décocha un sourire enjôleur. Nikki, stupéfaite de cette brusque volte-face, n'en restait pas moins sur ses gardes. Méfiante, elle lui lança :

– Vous avez décidé que vous ne vouliez plus de femme, c'est ça ? Que vous alliez engendrer votre enfant vous-même ?

Il se mit à rire.

– Je sais que vous me trouvez très prétentieux, mais je ne vais quand même pas jusque-là. Non... la paternité ne me tente plus, c'est tout. Considérez-moi dorénavant comme votre grand frère...

Elle n'aurait pas été plus désarçonnée s'il lui avait annoncé qu'il allait la jeter à la rue.

Est-ce qu'il voyait vraiment en elle une petite sœur ? Sans doute. Il ne l'avait jamais touchée, sauf les rares fois où elle l'avait provoqué. De toute évidence, il préférait les femmes plus mûres et plus sophistiquées. Elle vivait chez lui depuis plus d'une semaine et s'il avait voulu la séduire, il n'avait qu'à traverser le couloir.

Elle aurait dû se sentir délivrée d'un grand poids. Ses problèmes financiers étaient résolus : elle pourrait rembourser Michael petit à petit. Elle avait à sa disposition un magnifique appartement, une limousine avec chauffeur. Sa mère se remettait si bien de sa maladie qu'elle allait bientôt être en mesure de quitter l'hôpital. Et surtout, Nikki était maintenant libre de faire ce qu'elle voulait sans avoir à craindre les représailles de Michael. Malheureusement pour elle, elle était tellement amoureuse de lui que sa bienveillance de grand frère était une véritable torture qu'il lui infligeait.

Michael se montra charmant et prévenant avec Pamela Warren dont le visage s'était éclairé en le voyant entrer. Elle avait insisté pour qu'il s'asseye tout près d'elle.

Laissée pour compte, Nikki regardait par la fenêtre, écoutant à peine ce qu'ils se disaient. Michael annonça à Mme Warren qu'elle serait transférée au centre de rééducation dès que les médecins auraient donné leur accord. Le *March Institute* se trouvait dans Manhattan, non loin de chez lui, et il lui promit de venir la voir beaucoup plus souvent.

Si Pamela avait remarqué l'attitude détachée de sa fille, elle n'en laissa rien voir. Sur le chemin du retour, Michael fit un grand déploiement de charme et de gentillesse. Nikki, tout en se demandant pourquoi il faisait tant d'efforts, se laissa aller à bavarder gaiement avec lui.

Suzanna les accueillit en faisant un signe mystérieux à Michael.

— J'ai une surprise pour vous, Nikki, dit celui-ci, l'air réjoui. Fermez les yeux.

Intriguée, elle obéit. Il lui prit la main et la guida jusqu'au salon.

— Vous pouvez regarder, maintenant.

Un magnifique piano *Steinway* trônait dans un coin de la pièce, pareil à celui qu'elle avait admiré en Floride.

— Mais... quand... où...

— Promettez-moi de ne pas vous servir de votre genou d'acier si je vous le dis, répondit Michael avec un demi-sourire.

— Non... je veux dire, oui.

— Je l'ai acheté le lendemain de notre rencontre. Oui, j'avais déjà décidé que vous viendriez vivre ici. Ne me faites pas les gros yeux. Le piano appartenait à un ami d'Elianna. Il cherchait à le vendre, et voilà!

Il semblait particulièrement content de lui. Nikki, quant à elle, était tellement stupéfaite qu'elle en restait muette.

– Mais... Pourquoi?

– Qu'il ne soit pas dit que je ne fais pas tout pour votre bonheur, petite sœur, répondit-il simplement. Maintenant, j'ai du travail. Jouez-moi donc quelque chose, ça m'inspirera peut-être.

Il souleva le couvercle du tabouret et elle y trouva de nombreuses partitions. Elle choisit une *Polonaise* de Chopin et se mit au piano.

La soirée devait débuter à 7 h 30, mais à New York il est de bon ton d'arriver en retard. Nikki entendit frapper discrètement à sa porte. Michael, vêtu d'un magnifique costume blanc, la veste sur l'épaule, entra et alla s'asseoir sur le lit. Il la regarda brosser ses cheveux.

– Vous voyez comme j'ai changé. Je frappe avant d'entrer maintenant, dit-il, fier de lui.

– Oui, mais vous n'avez pas attendu que je vous y invite pour vous installer comme si vous étiez chez vous, répliqua Nikki.

– Mais je suis chez moi! fit-il sur le ton de la plaisanterie.

Elle ne répondit pas et releva ses cheveux pour se faire un chignon.

– Non, ne faites pas ça, ordonna Michael qui avait déjà repris son air de despote. Coiffez-vous comme l'autre jour en Floride, avec cette fleur dans vos cheveux.

Nikki portait la robe qu'elle avait achetée chez *Saks*. Elle hésita. Devait-elle lui céder? D'un autre côté, elle était flattée qu'il s'intéresse à sa toilette et elle désirait lui plaire. Mais, quelque chose en elle se hérissait à chaque fois qu'il lui lançait un ordre. Leurs regards se croisèrent dans le miroir et elle détourna rapidement les yeux, continuant à brosser sa chevelure d'un air absent.

Il s'approcha d'elle et, d'un geste impatient, lui prit la brosse des mains, lui caressant la tête comme si elle était une petite fille.

– Venez. Arrêtez de vous pomponner. Vous êtes parfaite et vous avez vos devoirs de maîtresse de maison à remplir ce soir.

Nikki fondit à son contact, ayant déjà oublié ses griefs.

Elle piqua la fleur en soie dans ses cheveux et ils descendirent au salon, bras dessus, bras dessous, sous les regards attendris de Suzanna.

Nikki connaissait au moins deux des invités : Peter Delavan et Charles Morris. Peter et sa pétulante femme, Samantha, arrivèrent les premiers. Samantha était enceinte. C'était une rousse aux cheveux courts, qui ne manquait pas d'élégance. Cinq minutes plus tard, Mélanie Cragun Newman et son mari Brandt firent leur entrée. Ils venaient de passer dix jours dans les Caraïbes et étaient encore tout bronzés. Contrairement à son frère, Mélanie était d'un caractère sociable et chaleureux. Comme Michael la présentait à Nikki, elle lui dit avec enthousiasme :

– Maman m'a tellement parlé de vous! J'avais hâte de vous rencontrer.

Nikki fit passer les amuse-gueule pendant qu'Henry servait à boire. Samantha Delavan l'invita à s'asseoir auprès d'elle sur le canapé. Elle mourait d'envie de savoir comment Nikki avait fait son compte pour « harponner » le beau Michael. Une demi-douzaine de ses amies avaient essayé, sans succès. Nikki marmonna qu'il n'y avait encore rien d'officiel entre eux. A ce moment, Charles Morris et sa femme Sheila arrivèrent. Dès que Sheila se fut éloignée pour aller se recoiffer, Michael attira l'attention de Charles sur Nikki.

– Tu vois, Charlie. Elle est bel et bien vivante

et en bonne santé. Je te promets qu'elle est toujours aussi pure et vertueuse. Maintenant, est-ce que tu vas me laisser en paix?

Charles Morris se mit à rire.

– Et dire qu'il aura suffi de quelques coups de téléphone pour faire de toi un honnête homme! Quatre exactement, en tout et pour tout.

Nikki était rouge de honte. Samantha, qui l'observait attentivement, finit par dire :

– Il faut que je demande à Craig de faire passer un examen complet à Michael. Ce n'est pas son genre de se conduire en gentleman. Il doit être malade... (Elle s'arrêta pour boire une gorgée de son apéritif et continua :)... ou amoureux... Mais quand on parle du loup...

Elle lui désigna un homme assez corpulent qui venait d'entrer, accompagné d'une jeune femme blonde.

On présenta Nikki à Craig Landerman, un ami de collège de Michael, et à son amie Merry Quinn. Tous les deux étaient pédiatres et Michael supporta de bonne grâce les plaisanteries de rigueur : quand ferait-il enfin appel à leurs services? Nikki rougit à nouveau. Charles Morris, qui était revenu se joindre à eux, s'aperçut de son embarras et fronça les sourcils.

Suzanna avait préparé un excellent dîner à la française. Décidément, elle n'avait rien à envier aux meilleurs chefs de New York. Les invités savourèrent lentement les crêpes aux fruits de mer, la crème de concombres et l'épaule de veau farcie. Un vin différent accompagnait chaque plat. Arrivée à la salade d'épinards, Nikki n'avait déjà plus faim, et ce fut par pure gourmandise qu'elle goûta au soufflé au Grand Marnier.

Elle s'attendait à une conversation extrêmement sérieuse, mais en fait elle n'arrêta pas de rire tout au long de la soirée. Après dîner, Michael lui demanda de se mettre au piano. Il lui suggéra à l'oreille de commencer par une chanson d'amour, comme elle l'avait fait en Floride. Sans relever la plaisanterie, elle s'exécuta. Tout l'après-midi elle avait attendu avec impatience de jouer sur ce piano.

Elle entama une vieille chanson populaire et tout le monde se mit à chanter en chœur avec elle. Michael était resté à l'écart, mais sa sœur insista tellement qu'il finit par faire comme les autres. Il chantait faux et ses amis ne purent retenir leur hilarité. Nikki eut même la satisfaction de le voir rougir. Elle n'aurait jamais cru que l'arrogant Michael Cragun en soit capable.

La fête battait son plein et, quand la sonnette retentit aux environs de 11 h 30, personne ne l'entendit. C'était Elianna Dunne. Elle fit tout pour que son entrée soit très remarquée. Vêtue d'une robe aux couleurs éclatantes, elle s'écria très fort :

– Michael chéri! Je suis désolée d'être en retard, mais j'ai eu tellement de rappels ce soir! J'ai cru que le rideau ne finirait jamais de se relever!

Elle se jeta à son cou de façon théâtrale et lui donna un baiser passionné.

Nikki continua à jouer, mais tout à fait machinalement. Elle comprenait tout à coup qu'elle avait simplement servi de doublure à la prima donna. Sa soirée était gâchée. Et dire que tout avait si bien commencé!

Elianna et Michael avaient disparu aussitôt. Nikki termina son morceau en toute hâte et quitta aussi le salon. Elle était trop bouleversée pour remarquer la sympathie qui se lisait sur le visage des invités. Elle gravit lentement l'escalier, complètement effondrée. Bien sûr, elle savait bien que la sollicitude de Michael et ses tendres regards étaient purement platoniques, mais il lui avait été si facile et si plaisant d'imaginer un moment qu'il en était autrement...

Comme elle traversait le couloir, la voix

furieuse d'Elianna Dunne lui parvint à travers la porte de la chambre de Michael. Elle paraissait furieuse. Nikki se figea et, malgré la honte qu'elle en éprouvait, ne put s'empêcher d'écouter :

– ... vous me faisiez croire qu'elle n'était qu'une adolescente boutonneuse. Et Dieu sait qu'elle avait l'air d'une gosse l'autre soir. Quel âge a-t-elle donc?

– Vingt-trois ans, répondit-il comme si cela n'avait pas la moindre importance.

– Que fait-elle ici? Ce n'est pas une « amie de la famille » que je sache, fit Elianna déchaînée.

– On dirait que vous me faites une scène, Ellie! répliqua Michael sans se démonter. C'est inadmissible. Mes amis...

Elle l'interrompit avec rage.

– Qu'ils aillent au diable! Cette... cette môme... Oh, mon Dieu, Michael! J'espère que ce n'est pas à cause de cette dispute... Chéri, vous ne m'avez tout de même pas prise au sérieux quand je vous ai dit que vous pouviez chercher quelqu'un d'autre pour porter votre enfant...

– Je crois que le terme exact dont vous vous êtes servie c'était « mioche », répondit-il froidement. Mais je vous en prie, poussez-vous un peu. Vous êtes en train de me mettre du maquillage partout.

S'il avait adopté un ton pareil avec elle, Nikki serait rentrée dans un trou de souris, mais la charmante Mlle Dunne ne se découragea pas. Elle gémit :

– Il ne faut pas m'en vouloir, chéri. Vous n'allez pas me dire que vous voulez vous servir de cette gamine maigrichonne pour...

– Non, l'interrompit-il. Elle n'est elle-même qu'une enfant. Elle ne doit même pas savoir comment on s'y prend. (Il fit une pause et reprit d'une voix dure :) Il y a un certain type de femmes qui m'ennuient à mourir, Elianna. Laissez-moi vous dire quelque chose à propos de Nikki...

Nikki n'attendit pas d'entendre la fin de la phrase. Elle se précipita dans sa chambre et se jeta sur son lit. Après toutes ces émotions, ses nerfs avaient fini par craquer. Maintenant, elle savait vraiment ce que Michael pensait d'elle. Non seulement elle était une enfant ignorante, mais, bien pis, elle l'ennuyait à mourir. Il la trouvait terne et insipide. Bien sûr, elle ne serait jamais séduisante et provocante comme Elianna Dunne...

Ses yeux se remplirent de larmes et elle se mit à sangloter sans pouvoir s'arrêter.

7

Ne voulant pas courir le risque de rencontrer Michael, elle resta dans sa chambre toute la matinée du lendemain. Finalement, vers midi, Suzanna lui apporta un petit déjeuner : la jeune invitée du patron avait sans doute mal aux cheveux après la soirée d'hier... Mais, quand elle aperçut les yeux gonflés de Nikki et son visage tiré, elle comprit qu'il y avait autre chose.

Suzanna se contenta de lui sourire gentiment et de l'inviter à manger un peu. Restée seule, Nikki se mit à grignoter un toast. Depuis quand s'était-elle rendu compte qu'elle aimait Michael? Sa beauté et son charme l'avaient séduite sur le coup, mais c'était en Floride que ce sentiment s'était transformé en amour, quand elle avait découvert son intelligence vive et pénétrante. Même le mauvais côté de sa nature, la façon odieuse dont il la manœuvrait, exerçait sur elle une sorte d'effrayante fascination.

Elle s'en voulait de ne pas avoir su se montrer ironique et désagréable comme elle se l'était promis. Puisqu'elle n'était pas capable de jouer l'indifférence, un mépris glacé persuaderait peut-être Michael que la comédie avait assez duré. Ce que Nikki ne voulait pas s'avouer, c'est qu'elle espérait par là le provoquer et l'amener à se trahir.

Elle réussit à l'éviter jusque tard dans l'après-midi. Elle était en train de jouer du piano lorsqu'il entra dans le salon. Vêtu d'un tee-shirt et d'un short, il était tout en sueur d'avoir joué au hand-ball. Il resta sur le seuil de la porte jusqu'à ce qu'elle ait fini son morceau. Il la complimenta chaudement, mais elle resta impassible.

– Dommage que vous soyez partie vous coucher si tôt. Vous nous avez manqué. La prochaine fois, je ne vous laisserai pas boire autant.

– Je croyais que nous nous étions mis d'accord, Michael. Vous n'êtes pas mon chaperon. De toute manière, je n'étais que le lever de rideau. Quand la vedette est arrivée, il était normal que je me retire.

Il s'assit à côté d'elle.

– De quoi diable parlez-vous?

– Devinez! lança-t-elle en se levant brusquement.

Elle sortit du salon précipitamment. Quelques minutes plus tard, elle entendit claquer la porte d'entrée. Ce soir-là, Michael ne rentra pas dîner.

Nikki redoutait la venue du lundi matin. Tôt ou tard, elle tomberait sur Ron Martens et cette perspective ne l'enchantait guère.

Cependant, son patron n'était pas arrivé à l'âge de trente-sept ans sans avoir appris à se tirer avec élégance de ce genre de situation embarrassante. Il s'en tint avec Nikki à des rapports strictement professionnels. Nikki fut bientôt rassurée et se détendit. Mais à présent qu'elle était libre de sortir avec qui elle voulait, elle n'en avait plus la moindre envie.

Erika avait pris une semaine de congé pour se rendre au mariage de son frère. Nikki employa toute son énergie à abattre le travail supplémentaire créé par cette absence. Pendant ce temps-là, au moins, elle ne pensait à rien d'autre.

Lundi soir, Michael rentra à la maison vers 7 heures. Elle aurait préféré qu'il soit retenu par son travail. Mais puisqu'il était là, elle allait installer la guerre froide. Il se conduisit d'abord comme s'ils ne s'étaient jamais disputés et que l'harmonie régnait entre eux. En souriant, il lui exposa son problème de l'heure, le mal qu'il avait à trouver une remplaçante pour sa secrétaire. Nikki regardait ailleurs comme si tout cela l'ennuyait profondément.

– D'accord, j'ai compris, dit-il enfin. Vous en avez assez de m'écouter parler de mes affaires. Vous avez raison. Racontez-moi plutôt ce qui se passe au journal.

Elle lui répondit froidement :

– Je n'ai pas envie de vous raconter quoi que ce soit.

Cela ne le découragea pas, comme s'il ne remarquait même pas son humeur. Cependant, comme elle persistait dans son indifférence, même lorsqu'il lui proposa d'aller voir sa mère et de l'emmener au théâtre à la fin de la semaine, il finit par manifester une certaine irritation.

– Ecoutez, Nikki. Je ne suis pas devin, j'aimerais bien savoir quel péché j'ai commis!

– A dire vrai, Michael, vous avez simplement cessé de m'intéresser, un point c'est tout.

Elle ajouta un petit bâillement pour compléter le tableau. Michael haussa les épaules et reporta son attention sur son assiette.

Le jour suivant, Nikki ne perdit pas une occasion de se montrer distante et délibérément odieuse. Michael fut plusieurs fois sur le point de perdre son sang-froid, mais il ne lui donna pas cette satisfaction. Après dîner, il lui déclara :

– Je ne rentrerai pas dîner demain soir. J'ai une réunion. Je suis sûr que vous serez très déçue de ne pas avoir l'occasion de vous faire les dents sur moi.

Il souriait, mais ses yeux étaient comme deux morceaux de glace. Nikki lui renvoya un sourire non moins glacial. Mais intérieurement, elle tremblait.

Quand elle quitta le journal jeudi après-midi, Henry n'était pas là à l'attendre comme d'habitude. Un sentiment de malaise s'empara d'elle. Elle était sur le trottoir à se demander si elle devait attendre ou prendre l'autobus, quand la Cadillac noire vint se ranger devant elle. Michael était à l'arrière, accompagné de deux hommes tout habillés de noir. Elle s'attendait presque à ce qu'il ne fasse pas attention à elle, au lieu de quoi il ouvrit la portière et lui fit un petit salut moqueur :

– Vous avez le choix. Vous pouvez monter devant avec Henry ou bien venir vous asseoir sur mes genoux.

– Il n'y a pas à hésiter, répondit-elle avec hauteur. La compagnie d'Henry est de loin préférable à la vôtre à n'importe quelle heure du jour!

Elle prit place à l'avant. Henry qui avait l'art de se faire oublier quand la situation devenait gênante, ne lui jeta même pas un coup d'œil.

Michael fit glisser le panneau vitré qui les séparait et, s'adressant à son voisin :

– Mon charme irrésistible semble buter sur un obstacle infranchissable du nom de Nikki Warren. (Sa voix se fit plus sèche.) Pourriez-vous avoir l'obligeance de vous retourner, madame, que je vous présente deux de mes amis et collaborateurs?

Nikki résista à l'envie qu'elle avait de sourire. Regardant toujours droit devant elle, elle répondit d'un ton mordant :

– Non, merci. S'ils travaillent pour vous, il me serait impossible de leur faire confiance.

Michael posa sa main sur son épaule. Elle

s'efforça de ne pas faiblir. A voix basse, il lui dit à l'oreille, d'une voix charmeuse :

– Je sais que vous êtes en colère contre moi et que vous ne voulez pas me dire pourquoi, mais mes amis n'ont rien à voir là-dedans. S'il vous plaît, mon ange! Tournez-vous et dites bonjour!

Ce mot tendre n'eut pour effet que de la mettre en colère : elle n'était pas son « ange ». Elle était ignorante, inexpérimentée et ennuyeuse, comme il l'avait dit lui-même. Elle releva la tête, carra les épaules et envoya mentalement Michael Cragun à tous les diables.

– Nikki?

Il lui prit le menton pour la forcer à tourner la tête et lui caressa la joue.

Furieuse contre elle-même de se laisser séduire aussi facilement, elle se dégagea brusquement, interceptant au passage le regard de deux étrangers qui avaient l'air de la considérer comme une gosse capricieuse. Elle esquissa un sourire et leur dit d'une voix timide :

– Excusez ma mauvaise humeur; j'ai eu une rude journée au bureau. Enchantée de faire votre connaissance.

– Jack Wright à ma gauche, Shaun Bernstein à ma droite, lui dit Michael.

Puis il se renversa négligemment dans son siège.

– Vous allez dîner avec nous.

Comme d'habitude, Michael ne l'invitait pas, mais lui donnait un ordre. Elle faillit refuser, mais elle réfléchit qu'elle pourrait lui causer bien plus de tracas en acceptant.

– Bien sûr, répondit-elle d'une voix doucereuse. Je ne voudrais surtout pas manquer l'occasion de faire connaissance avec vos charmants collaborateurs.

Elle décocha aux deux hommes un regard innocent, puis monta se changer.

130

Elle réapparut, vêtue d'un ensemble blanc et vert à manches longues et à col montant. Ses cheveux flottaient librement sur ses épaules. Elle ne fut pas sans remarquer les coups d'œil admiratifs de Jack et Shaun qui dégustaient un Martini en compagnie de leur patron.

– Que voulez-vous boire, Nikki? demanda poliment Michael.

Sa voix était neutre et son visage sans expression. Agacée par son indifférence, elle déclina son offre d'un ton sec.

Elle se mit à regarder Jack Wright en ouvrant tout grand ses yeux verts. Elle avait appris, en travaillant dans la boutique de sa mère, qu'un client avait tendance à acheter plus s'il était subtilement flatté. Pour s'amuser, elle se mit à expérimenter cette technique sur ce jeune célibataire qui, bien sûr, s'imagina aussitôt tout autre chose. Il fut convaincu que cette jeune fille le trouvait absolument fascinant. Malheureusement pour lui, elle était de toute évidence la propriété du patron. D'après l'expression qu'il avait surprise tout à l'heure sur le visage de M. Cragun, elle ferait d'ailleurs bien de se méfier. Mais après tout, était-ce sa faute à lui si Nikki le trouvait séduisant?

Michael s'absenta pour aller donner un coup de téléphone. Nikki se servit un gin tonic et, par jeu, commença à exercer ses charmes sur le très vulnérable Shaun Bernstein. Quand Michael revint, elle en savait déjà long sur ses deux amis qui ne s'étaient pas fait prier pour raconter leur vie.

C'était un dîner d'affaires, et la conversation roula tout naturellement sur la CAI. Nikki ne comprenait pas grand-chose à ce qui se disait. Il lui fallut se contenter des regards admiratifs et des sourires de ses voisins, Shaun et Jack. Quant à Michael qui était assis en face d'elle, elle l'ignora purement et simplement.

Après le dîner, les trois hommes se retirèrent dans le bureau, Nikki leur souhaita une bonne nuit en plaisantant :

– J'espère que vous trouverez finalement un prénom pour votre bébé, dit-elle à Shaun en souriant. Personnellement, je pense qu'il est plus important pour un homme d'être un bon mari et un bon père que de réussir dans les affaires.

– Est-ce que vous acceptez les inscriptions? demanda Jack aussitôt.

– Invitez-moi à dîner, vous verrez bien, répondit-elle.

Jack jeta un coup d'œil sur son patron. Michael, appuyé sur la table, les bras croisés sur la poitrine, regardait droit devant lui, l'œil dur.

Un silence gêné suivit. Nikki le rompit en faisant un petit geste vers Michael :

– On dirait que le grand manitou est impatient de se remettre au travail. Je vous laisse. Bonne nuit, Shaun. Bonne nuit, Jack.

Et Nikki sortit du salon, ramenant ses chcveux en arrière d'un geste gracieux de la main.

Toute la journée du vendredi, le ciel fut couvert de gros nuages gris. Quand Nikki sortit du journal, la pluie tombait. Elle resta un moment dans le hall, regardant les torrents d'eau ruisseler sur le trottoir et les passants qui se hâtaient, se protégeant comme ils pouvaient. Elle sortit de son sac une capuche en plastique et poussa la porte vitrée. Un violent coup de klaxon la fit sursauter. La Cadillac était là et Michael l'attendait. Il vint à sa rencontre avec un parapluie et, la prenant fermement par le bras, la fit asseoir à l'arrière à côté de lui.

Ce bref contact lui fut à la fois agréable et douloureux. Elle évita son regard : il n'aurait pu lire dans ses yeux qu'incertitude et vulnérabilité. Elle retira sa capuche et la posa par terre. Henry, absorbé par la conduite, se faisait aussi invisible que la veille.

– Vous vous êtes vraiment donnée en spectacle hier. Qu'est-ce que vous avez voulu prouver?

Le ton était celui de la plus banale curiosité.

– Rien du tout, répondit Nikki en regardant par la vitre.

Malgré la chaleur qui régnait dans la voiture, elle était glacée. Elle redoutait la vengeance de Michael et ne put s'empêcher de frissonner.

– Je sais que le temps qu'il fait doit vous passionner, mais serait-ce trop vous demander que de me regarder quand je vous parle? fit-il avec irritation.

Elle se tourna lentement vers lui, les bras croisés sur sa poitrine.

– Je n'ai rien à vous dire.

Malgré ses efforts pour se contrôler, elle tremblait des pieds à la tête.

– Vous avez froid? demanda-t-il inquiet.

Il ordonna aussitôt à Henry de monter le chauffage.

– Laissez-moi vous réchauffer, ajouta-t-il en se rapprochant d'elle et en lui passant un bras autour des épaules.

Elle savait qu'elle ne pourrait pas résister à sa gentillesse. Elle se rejeta en arrière et s'écria d'une voix rauque :

– Ne me touchez pas! Cela me fait horreur!

– Savez-vous, Nikki, que vous êtes complètement névrosée? J'en ai beaucoup supporté de votre part, hier soir. Vous vous êtes conduite de façon impardonnable avec moi devant mes employés, après quoi vous avez joué avec eux comme une prostituée de la 42e rue. Il n'y a plus eu moyen de les faire penser aux affaires et Jack Wright n'en est probablement pas encore remis. Ça vous amuse de provoquer les hommes?

– Non, marmonna-t-elle.

– Allons donc. Depuis une semaine, vous ne faites que ça avec moi dès que l'occasion se présente. Mais quand je m'approche, vous me fuyez comme si j'étais Dracula en personne. Il faut vous décider, Nikki. C'est oui ou c'est non?

Il la regarda froidement jusqu'à ce qu'elle baisse les yeux. Il continuait à l'observer et sa colère déclenchait en elle une sorte de trouble physique. Elle désirait désespérément qu'il la prenne dans ses bras. Sachant qu'avec son arrogance habituelle, il considérait comme un honneur pour une femme d'avoir droit à ses caresses, Nikki s'efforça de rester impassible. Elle regardait fixement ses mains croisées sur ses genoux. Mais, tout à coup, sa résistance s'effondra. Elle se retourna vers lui, incapable de soutenir son regard, et dit à mi-voix :

– C'est oui!

Il resta longtemps sans rien dire, sans faire un mouvement vers elle. Nikki se sentit profondément humiliée par ce refus. Au moment où elle allait se blottir dans le coin de la voiture, il lui commanda :

– Regardez-moi!

Elle obéit, livide et sur la défensive. Il continua :

– Enlevez votre imperméable. Je n'ai pas envie d'être trempé.

Elle s'exécuta sans mot dire et envoya son vêtement rejoindre sa capuche. Puis elle releva craintivement les yeux vers lui, attendant ses instructions.

– Très bien, fit-il doucement. Maintenant les cheveux. Enlevez vos épingles. Lentement. Montrez-moi si vous pouvez être aussi séduisante qu'hier.

Nikki n'avait jamais reculé devant un défi. Un petit sourire se dessina sur ses lèvres.

– Encore un de vos jeux, Michael? murmura-t-elle de son ton le plus provocant, s'amusant presque.

Elle fit ce qu'il lui avait ordonné, enleva ses épingles, les posa sur ses genoux, passa la main dans ses cheveux et resta enfin assise sans bouger, l'image même de la soumission.

– Vous méritez 10 sur 10, dit-il avec un sourire. Leçon numéro 2. Placez vos bras autour de mon cou, comme ça.

Il lui prit les mains et l'aida à accomplir son geste.

– Et maintenant, séduisez-moi... Faites que je vous désire tellement que je ne puisse plus résister.

Au lieu de le couvrir de légers baisers comme il s'y attendait, elle se blottit contre lui, ferma les yeux et effleura de ses doigts son visage et ses cheveux. En réponse, Michael glissa la main sous son corsage et se mit à lui caresser la poitrine.

Leur combat silencieux s'acheva d'un commun accord. Ils se regardèrent enfin dans les yeux et leurs lèvres se joignirent dans un mouvement aussi naturel que passionné. Mais maintenant, c'était Michael qui prenait les initiatives. Il paraissait ne plus pouvoir se contrôler et tout ce que Nikki pouvait faire, c'était se serrer contre lui et répondre à son ardeur. Michael, le visage enfoui dans ses cheveux, lui mordillait le cou. La tête rejetée en arrière, elle se laissait faire, ivre de joie et de douleur.

– J'ai envie de vous, Nikki. Vous savez, n'est-ce pas, à quel point je vous désire?

– Oui, répondit-elle.

Elle n'aurait pas pu prononcer plus d'une syllabe.

– Je voudrais vous prendre maintenant, sur le siège arrière de la voiture. Ça aussi, vous le savez?

– Michael... non... je vous en prie...

– Rassurez-vous, l'interrompit-il. Je ne veux

rien gâcher. J'attendrai. Mais seulement jusqu'à la maison. Vous m'avez compris, Nikki?

Et il recommença à la caresser. Elle se mit bientôt à gémir de plaisir.

– Tout ce que vous voudrez, Michael...

Quand il voulut s'écarter d'elle, Nikki s'agrippa à sa chemise pour l'obliger à rester contre elle. Elle était tellement grisée qu'elle ne se rendait pas compte qu'il essayait de lui dire quelque chose. Il la secoua gentiment jusqu'à ce qu'elle le regarde enfin, inquiète, les yeux mi-clos.

– Qu'est-ce... qu'est-ce qu'il y a, Michael?

– Avant que nous n'allions plus loin, il faut que vous compreniez une chose, Nikki. (Il fit une pause comme s'il avait du mal à trouver ses mots.) Vous me plaisez infiniment. C'est assez clair. Peut-être est-ce votre innocence qui me séduit. Je ne sais pas. Pour le moment, je pense surtout à ce que je vais vous faire quand nous serons au lit ensemble. (Son expression changea soudain.) Mais je ne veux pas qu'il y ait de malentendu entre nous. Vous êtes belle et douce et je vous aime bien. Je veux vivre avec vous aussi longtemps que cela nous conviendra à tous les deux. Mais je ne veux pas que vous ayez à souffrir parce que vous espériez rencontrer l'amour et le mariage. Ce n'est pas là ce que je vous propose.

Nikki porta la main à sa bouche : elle avait l'impression qu'elle allait vomir. Imbécile! Stupide imbécile! Comme si tu ne savais pas très bien ce qu'il ressentait pour toi! se dit-elle en se maudissant. Elle éprouvait une véritable douleur à l'estomac.

Elle essaya de rappeler à elle sa fierté. Elle se redressa et s'efforça de prendre un ton de conversation mondaine :

– Je ne suis plus une enfant, Michael. Qu'est-ce qui a pu vous faire croire que j'ai envie de me marier? (Elle éclata d'un rire haut perché.) Nous devrions peut-être signer un contrat. D'ici que vous m'ayez appris... appris...

Mais plus aucun son ne sortait de sa bouche. Michael lui passa la main dans les cheveux.

– Nikki... chérie... Je... Henry! Attention!

Mais il était déjà trop tard quand Henry vit le camion arriver sur eux. Il fit une brusque embardée. Le conducteur du poids lourd freina à mort, dérapant sur la chaussée humide, et vint les heurter à l'arrière. Michael fut projeté contre la portière et Nikki, écrasée entre le capot du camion et le dossier du siège avant, alla donner de la tête dans la vitre. Il y eut un bruit de verre brisé. Nikki ressentit une violente douleur dans le bras et elle perdit connaissance.

8

Nikki ouvrit les yeux. Elle avait la bouche pâteuse. Elle était tellement fatiguée qu'elle n'avait même pas la force de parler. C'est en vain qu'elle essaya de se rappeler ce qui s'était passé. Son bras était dans le plâtre; un petit tube allait de son poignet à une bouteille suspendue, remplie d'un liquide rouge. Elle apercevait à côté d'elle une silhouette toute blanche.

– C'est grave? demanda Nikki, cherchant à se rassurer.

La silhouette secoua la tête.

– Tout va très bien, ne vous inquiétez pas.

Nikki ferma les yeux et se rendormit aussitôt. Lorsqu'elle se réveilla un peu plus tard, elle avait mal partout.

– Nikki? Dieu soit loué!

Elle entrevit un homme avec un côté du visage tout contusionné. La tête lui tournait.

– Où suis-je? Qui êtes-vous? gémit-elle.

Mais avant qu'il n'ait pu répondre, Nikki sombrait à nouveau dans le sommeil.

Elle reprit connaissance très tôt le lendemain matin. Une jeune infirmière lui prenait le pouls.

– Ah, vous êtes réveillée! C'est bien. Vous gémissiez dans votre sommeil. Vous voulez quelque chose contre la douleur? Le médecin a laissé des consignes.

– Euh... oui... (Nikki était encore tout étourdie.) Je suis si fatiguée...

L'infirmière prit sa température et vérifia sa tension, puis elle lui fit une piqûre.

– Vous êtes épuisée à cause du choc et de l'anesthésie. L'opération était délicate et vous n'arrêtiez pas de remuer. On a été obligé de vous endormir. J'espère que cette injection vous fera de l'effet. Ne bougez pas, je reviens tout de suite.

Elle réapparut quelques minutes plus tard avec Michael. Nikki ne l'avait jamais vu si pâle. Il s'approcha du lit, tendit la main comme pour lui caresser les cheveux, puis se ravisa. Il tira une chaise et s'assit près d'elle.

– Nikki? dit-il tendrement. Vous me reconnaissez?

– Oui, vous êtes le prince charmant, murmura-t-elle. Vous avez parlé à ma mère?

– Je lui ai promis que vous l'appelleriez dès que vous vous sentiriez mieux. Vous vous souvenez de mon nom? insista-t-il.

– Bien sûr. Pas vous? fit-elle avec ironie.

– Vous en êtes certaine?

Comment aurait-elle pu oublier?

– Michael Cragun, commença-t-elle. Potentat, don Juan et mufle conquérant!

Elle remarqua avec satisfaction qu'il avait rougi. C'est alors qu'elle se rappela l'avoir vu plus tôt dans la matinée, avec son visage tout contusionné.

– Vous avez été bien arrangé! déclara-t-elle sans ménagement.

– Rien de grave. Seulement quelques égratignures. Heureusement que les Cadillac sont des voitures solides, autrement...

Il s'arrêta brusquement. Comme si l'idée de ce qui aurait pu arriver dans une voiture plus légère lui était insupportable.

Nikki se demanda tout à coup si elle était aussi blessée au visage. Elle porta la main à sa joue.

– Et moi?

– Toujours aussi jolie. Attendez!

Il alla lui chercher un miroir dans la salle de bains. A part un énorme bleu sur le front, elle était intacte.

– Et le reste? demanda-t-elle.

– Une mauvaise fracture du poignet. Des hématomes un peu partout. Votre bras a été coupé par des éclats de verre. Vous avez une quinzaine de points de suture. Le chirurgien esthétique qui vous a recousue a fait du beau travail. Mais il vous restera quand même des cicatrices, dit-il d'un air coupable.

– Tant pis... Et Henry?

– Il n'a pas une égratignure. Le camion nous a heurtés à l'arrière. Il a eu de la chance.

Nikki se sentait bizarre. Elle se mit à rire sans raison.

– J'ai l'impression d'être ivre.

– C'est l'effet de la piqûre. Il faut dormir.

Il se pencha et l'embrassa sur le front, mais elle avait déjà fermé les yeux.

– A tout à l'heure, ma chérie.

Nikki se réveilla au milieu de la matinée. Le soleil illuminait sa chambre qui, avec son ameublement moderne et ses rideaux imprimés, ne ressemblait pas du tout à une chambre d'hôpital.

Craig Landesman, l'ami de Michael, entra en blouse blanche, un stéthoscope autour du cou.

– Bonjour! On m'a dit que vous aviez eu des relations un peu trop intimes avec un gros camion, fit-il en souriant. Comment vous sentez-vous?

– Encore un peu groggy. Et j'ai mal partout. Mais je n'ai pas envie qu'on me bourre de médicaments. Ça me donne l'impression d'être une espèce de droguée.

— Ne vous inquiétez pas. Vous avez un excellent médecin et vous pouvez lui faire confiance, lui assura-t-il en s'asseyant à son chevet.

— Je n'étais pas là hier soir quand on vous a amenée, mais Merry était de garde. Il paraît que Mike était proche de l'hystérie. Vous imaginez ça? C'est dire ce que l'amour peut faire! Il a arraché le chirurgien à un dîner et celui-ci a fait appel à un chirurgien esthétique. Il paraît qu'ils ont fait un travail de première classe!

Nikki hocha la tête.

— Je leur en suis reconnaissante. Mais vous, Craig, vous êtes ici à plein temps?

— J'ai un cabinet à Manhattan, mais j'envoie presque tous mes malades ici. Vous êtes à l'hôpital Hudson, au cas où vous ne le sauriez pas. Que faisiez-vous dans ces parages?

— Aucune idée, répondit-elle très étonnée.

La question de Craig était pertinente. Qu'allaient-ils faire à l'autre bout de Manhattan?

— On se promenait, je suppose. Mais le chauffeur du camion, comment va-t-il? Je n'ai même pas pensé à demander de ses nouvelles.

— Déjà soigné et rentré chez lui. Il est question de l'attaquer en justice. Michael l'aurait probablement assommé s'il n'avait pas été si inquiet à votre sujet. C'est Merry qui m'a raconté ça.

Un tel étalage d'émotions paraissait bien étrange de la part de Michael. Merry avait sans doute exagéré.

— Que va-t-il lui arriver? demanda-t-elle.

— Je ne sais pas. Je suis médecin, pas juge. J'essaye de persuader Mike de laisser les choses suivre leur cours normal. Avec son influence, il pourrait purement et simplement ruiner la vie de ce pauvre type. Enfin, c'est heureux que personne n'ait été grièvement blessé.

— Michael et Henry sont encore ici?

Craig sourit.

– Mais c'est un véritable interrogatoire! Oui et non. Henry est rentré à la maison, mais Mike a insisté pour rester près de vous. Il a dormi à l'hôpital et, à sa manière impérieuse habituelle, il a ordonné à l'infirmière qu'elle le réveille dès que vous reprendriez connaissance.

Il ajouta, plein d'ironie :

– Ça m'a pris trois ans, quand nous étions à l'université, pour apprendre à l'envoyer au diable. Enfin... Je lui ai parlé ce matin. Il était convaincu que vous étiez frappée d'amnésie.

– En effet, il n'a pas arrêté de me demander qui il était!

Nikki porta la main à son estomac en souriant.

– Je crois que j'ai très faim!

– Tant mieux. C'est bon signe. Je vais appeler l'infirmière. A bientôt, Nikki.

– A bientôt, et merci d'être venu me voir.

Elle terminait son déjeuner lorsqu'un médecin, aux sourcils en bataille, fit irruption dans sa chambre. C'était Hal Worsley, le chirurgien qui avait opéré son poignet.

– C'était un drôle de gâchis là-dedans! lança-t-il. Un cas vraiment très intéressant. Je me suis occupé de l'intérieur et Barb Russo de l'extérieur.

– Je suis contente de vous avoir sorti de votre routine, répondit Nikki en plaisantant, d'autant plus que vous avez dû quitter un dîner à cause de moi. Je vous en suis très reconnaissante, docteur.

– C'est plutôt votre ami que vous devriez remercier. Celui-là, quand il veut quelque chose, c'est un vrai bulldozer.

Il avait beau dire cela sur le ton de la blague, Nikki était payée pour savoir que cette plaisanterie n'en était pas vraiment une.

– De toute manière, poursuivit Hal Worsley,

les dîners de ma belle-mère sont encore plus ennuyeux que la plus banale des fractures. J'y vais pour faire plaisir à ma femme. Vous savez ce que c'est... Vous m'avez sauvé d'une matrone qui était en train de m'énumérer tous ses symptômes.

Le médecin, voyant que Nikki faisait une grimace de douleur, changea brusquement de sujet.

– Parlons plutôt de vous, Nikki. Mike insiste pour vous ramener chez lui aujourd'hui, mais je préférerais que vous restiez ici encore jusqu'à demain. Vous avez tout de même été sérieusement malmenée. Je suis surpris que vous n'ayez ni côtes cassées ni blessures internes. Si Mike ne vous avait pas protégée de son propre corps, vous ne vous en seriez pas aussi bien tirée. Je vais laisser des instructions pour qu'on vous injecte des calmants toutes les quatre heures.

– J'aimerais autant éviter ça, objecta timidement Nikki.

– Comme vous voudrez. C'est aussi bien si vous pouvez vous en passer, mais inutile de souffrir pour rien. Si vous en prenez pendant quelques jours, cela ne peut pas vous faire de mal. Mais si vous voulez l'opinion de quelqu'un d'autre, je peux vous envoyer un confrère.

– Merci, répondit-elle en souriant, mais j'ai déjà le meilleur!

– Je suis très sensible à la flatterie, surtout de la part de mes jolies malades. Je reviendrai vous voir demain et nous prendrons rendez-vous à mon cabinet. Mais gardez ça pour vous ou bien tout le monde s'attendrait au même traitement de faveur. D'habitude, je laisse ce soin à ma secrétaire qui fixe les rendez-vous quand ça *me* convient. Mais comme Mike voudra certainement vous accompagner et qu'il est encore plus occupé que moi... De toute manière, rien n'est trop bon pour...

143

– Une amie de Michael Cragun, enchaîna Nikki. J'ai déjà entendu ça quelque part!

– Je n'en doute pas. Allez, maintenant reposez-vous, jeune fille.

Nikki venait de prendre les cachets que lui avait donnés l'infirmière et elle regardait la télévision quand Michael arriva. Depuis que Hal Worsley lui avait expliqué comment il l'avait protégée pendant l'accident, il était rentré dans ses bonnes grâces. Elle avait même relégué sa rancœur dans un coin reculé de son cerveau.

Michael éteignit aussitôt le poste.

– Comment vous sentez-vous?

– Un peu mieux, Michael... Le Dr Worsley m'a dit ce que vous aviez fait... que vous vous étiez précipité pour me protéger de votre corps. Je ne sais comment vous remercier...

– Alors, ne me remerciez pas!

Il s'assit, et Nikki remarqua avec étonnement qu'il avait l'air abattu, comme s'il se sentait coupable de quelque chose.

– Vous allez entendre la confession du siècle...

– N'en faites rien, l'interrompit-elle, déconcertée par son attitude.

– Pourquoi? Et ne vous mettez pas en tête de me remercier. D'abord, si je ne vous avais pas demandé d'enlever votre manteau, votre bras aurait été protégé. J'ai... j'ai vu le camion un instant avant la collision et j'ai pu amortir le choc un peu... mais votre bras...

Il secoua la tête, l'air désespéré.

– C'est ridicule que vous vous sentiez responsable, reprit-elle. Mon manteau était trempé et...

– Vous ne comprenez pas, lança-t-il brusquement. Pourquoi diable croyez-vous qu'on roulait comme ça dans Manhattan? J'avais ordonné à Henry de ne pas rentrer tout de suite. J'ai bien vu qu'il ne m'approuvait pas, mais il m'a obéi. Vous aviez décidé de me faire marcher jeudi soir, et par Dieu, vous y avez réussi! S'il n'avait pas été si tard quand Jack et Shaun sont partis, je n'aurais pas attendu pour me venger. Mais comme ça... j'ai monté tout un scénario. J'étais résolu à ne pas vous laisser descendre de voiture tant que je ne vous aurais pas complètement soumise, à mes pieds... De toutes les choses stupides que j'ai pu faire... Oh, et puis au diable tout ça!

Il se leva d'un bond, renversant sa chaise. Il la redressa impatiemment et alla boire un verre d'eau dans la salle de bains.

Nikki ne bougeait pas, un peu stupéfaite par cette soudaine confession. Mais son sentiment de culpabilité était malgré tout disproportionné avec son acte. C'est vrai que sa machination était franchement machiavélique, mais après tout, elle avait eu elle-même une conduite telle-ment odieuse toute la semaine qu'elle ne l'avait pas volé!

Quand il revint près d'elle, il paraissait plus calme, mais tout aussi peu fier de lui.

– Vous m'avez qualifié de mufle, eh bien, je crois que vous étiez très en dessous de la vérité.

Nikki s'était mise dans la tête que Michael était un héros et elle n'allait certainement pas changer d'avis. Le fait qu'il ait aussi mauvaise conscience pour une simple tentative de séduction le faisait encore monter dans son estime. Ça ne le mène-rait à rien de s'accuser de tous les torts. Elle voulut le lui expliquer :

– Michael, fit-elle gentiment, ce n'est pas votre faute, ce qui s'est passé. Ce n'est pas vous qui étiez au volant du camion!

– Je vais m'occuper sérieusement de ce chauf-fard, s'écria-t-il avec hargne. Cet abruti ne con-duira plus jamais un camion, aussi longtemps que je vivrai!

Cette fois, Nikki perdit patience.

– Ça suffit maintenant! Vous croyez vraiment
que le monde entier est à vos pieds? Depuis que
j'ai répondu à cette stupide annonce, vous me
faites marcher. Tantôt par la menace, tantôt par
le charme. Maintenant, d'un seul coup, voilà que
vous vous apitoyez sur vous-même et que je suis
assez bête pour vous écouter et me sentir désolée pour vous. Eh bien, pour une fois c'est vous
qui allez écouter : d'abord, vous allez laisser la
police, le chauffeur et son patron se débrouiller
entre eux. Ensuite, cessez de pleurnicher! Je ne
suis pas morte, non? Et enfin, puisque vous
dépensez une petite fortune pour payer des
médecins, à eux de décider ce qui est le mieux
pour vous comme pour moi.

Nikki s'interrompit. Echauffée par la colère,
elle jeta un regard exaspéré sur Michael.

Il fronça les sourcils, visiblement ahuri qu'une
petite fille de vingt-trois ans ose lui parler sur ce
ton. Son air vexé était si comique à voir que
Nikki ne put se retenir de rire. Il secoua tristement la tête et il eut un sourire en coin. Puis il se
renversa dans sa chaise.

– On ne m'a pas parlé comme ça depuis que
j'avais dix ans. Même mon père n'en aurait pas le
courage. Y a-t-il autre chose pour votre service,
madame?

Les yeux de Nikki étincelaient.

– Non, mais puisque je vous ai à ma merci, je
vais en profiter pour vous poser quelques questions. Cette soudaine crise de conscience dans la
voiture, ça faisait partie de votre scénario?

Michael changea d'expression. Il resta silencieux un long moment et finalement haussa les
épaules.

– Vous voulez savoir la vérité? Eh bien, je n'en
sais rien moi-même. J'avais l'impression de me
voir de l'extérieur jouant un rôle, et j'applaudis-
sais ma performance...

146

Sa voix devint rauque et il lui prit la main :

– Nikki, je me suis trompé sur une chose. Je vous ai dit que l'amour et le mariage ne m'intéressaient pas. Je vous ai fait tellement de peine... Je n'oublierai jamais le regard que vous avez eu. Et quand je vous ai vue, allongée là, inconsciente, j'ai su que...

– Michael! l'arrêta Nikki qui n'en pouvait plus. Vous ne pensez pas que vous en avez assez fait?

Elle ne croyait pas un mot de ce qu'il disait. D'ailleurs, toute leur conversation lui paraissait délirante.

– Je n'ai que faire d'une déclaration d'amour inspirée par un ridicule sentiment de culpabilité, poursuivit-elle, énervée. Je ne vous déteste pas, vous êtes content? Maintenant, laissons tomber!

Elle fit une grimace de douleur : elle avait des élancements dans le bras.

L'expression de Michael se durcit. Nikki savait ce que cela signifiait : il était décidé à gagner la partie.

– Très bien, Nikki. Je vous accorde une trêve : je ne veux pas que vous vous mettiez dans tous vos états. Mais puisque j'ai eu droit à la liste de vos exigences, voici les miennes : quand vous quitterez l'hôpital, vous rentrerez à la maison. Les Merola et moi, nous nous occuperons de vous jusqu'à ce que votre bras soit complètement guéri. Ensuite, quand la sous-location de votre appartement arrivera à terme, si vous voulez toujours partir, eh bien, vous partirez.

Nikki n'avait aucun désir de se séparer de Michael. Si l'insistance qu'il mettait à prendre soin d'elle n'était qu'un moyen d'apaiser sa conscience, pour elle, cela représentait beaucoup plus. Quelque part au fond d'elle-même, elle se disait que peut-être tout n'était pas perdu. Mais elle chassa ce rêve aussitôt. Vingt-quatre heures plus tôt, alors qu'il était dans son état d'esprit normal, il lui avait fait clairement comprendre qu'il ne l'aimait pas et qu'il ne l'épouserait jamais. Il fallait bien qu'elle se fasse à cette idée. En revanche, elle, elle l'aimait et voulait rester avec lui. Mais elle avait encore six semaines avant d'affronter la douleur de la séparation.

Elle prit un air détaché et hocha la tête.

– Bien sûr, pourquoi pas? Je commence à être pourrie par cette vie de luxe...

Son visage se figea soudain en un rictus de douleur. Elle porta la main à son front.

– Attendez, laissez-moi faire, dit tranquillement Michael.

Il se mit à lui masser doucement les tempes et le cou jusqu'à ce qu'elle ferme les yeux. Avec un petit gémissement de satisfaction, elle s'endormit.

Les Merola vinrent lui rendre visite à l'heure du dîner. Suzanna, qui ne faisait pas confiance à l'hôpital, avait apporté tout un repas : l'inévitable soupe de poulet, un plat chinois et un gâteau au tapioca. Elle était convaincue qu'elle s'occuperait de Nikki bien mieux que tous les docteurs extraordinaires de Michael, et Nikki, après avoir mangé, en tomba d'accord d'enthousiasme.

Henry paraissait encore sous le choc de l'accident, hanté par la vision de ce qui aurait pu arriver. Il se considérait comme responsable de tout et Nikki ne voulait rien entendre. Mais les attentions que les Merola avaient pour elle la touchèrent profondément.

Elle se sentit assez bien, le soir venu, pour appeler sa mère au téléphone et la rassurer sur son état. Mais le Dr Worsley lui avait conseillé de se reposer encore une semaine et Nikki ajouta qu'elle viendrait la voir dès qu'elle serait autorisée à se lever.

– Ne te fais pas de souci, ma chérie. Stephen

passe beaucoup de temps avec moi, beaucoup trop même. Et je suis occupée par la rééducation. Prends plutôt soin de toi.

– Et que je laisse le Dr Rowland prendre soin de toi? ne put s'empêcher de demander Nikki.

– Oui. J'avoue que cela ne me déplaît pas, reconnut sa mère.

Nikki quitta l'hôpital le lendemain en fin d'après-midi. Elle voulait absolument marcher mais Michael la prit dans ses bras malgré ses protestations et l'assit dans un fauteuil roulant. Il la poussa jusqu'à la Cadillac, l'installa à l'intérieur et ordonna à Henry de les conduire directement à la maison.

Nikki resta sans sortir toute la semaine suivante, profitant sans vergogne de sa vie de princesse. Suzanna et Henry la gâtaient tellement qu'elle en était gênée. En revanche, un petit démon la poussait à voir jusqu'où elle pouvait aller avec Michael sans qu'il se rebiffe. Ses attentions pour elle étaient si contraires à sa nature que Nikki avait décidé de ne pas l'épargner. A chaque fois qu'il lui demandait si elle avait besoin de quelque chose, elle trouvait toujours une bonne raison de le faire descendre à l'étage ou bien de l'envoyer faire une course dans le quartier.

Vers le milieu de la semaine, elle commença à prendre son petit déjeuner à la cuisine, après quoi elle remontait dans sa chambre pour lire ou regarder la télévision. Mais le samedi matin, Michael lui apporta son café au lit, avec des toasts, une omelette au fromage et un jus d'orange. Son air montrait bien à quel point il était content de lui.

– Vous me surprenez, Michael. Je n'aurais jamais cru que vous pourriez avoir autant de patience, lui dit-elle.

Il le prit comme un compliment.

– Je sais que c'est très pénible de rester au lit,

répondit-il d'un ton solennel. J'espère que je vous ai aidée un peu à le supporter.

Nikki examina le contenu du plateau tandis qu'il s'installait dans un fauteuil pour lui tenir compagnie.

– Michael, fit-elle d'un air innocent. Je n'ai pas envie de confiture d'orange ce matin. Ça ne vous dérangerait pas trop de m'apporter de la confiture de fraise à la place?

– Mais bien sûr. Je vous l'amène tout de suite.

Il dévala l'escalier et revint quelques minutes plus tard avec la confiture demandée. Elle attendit qu'il fût à nouveau confortablement installé pour tremper ses lèvres dans son jus d'orange. Elle fit la grimace et marmonna pour elle-même :

– D'habitude, j'aime beaucoup ça. Je ne comprends pas pourquoi je lui trouve si mauvais goût aujourd'hui. (Elle se tourna vers Michael.) Il n'y a pas d'autre jus de fruits à la maison?

Cette fois-ci, il ne sauta pas immédiatement sur ses pieds pour satisfaire sa requête.

– Qu'est-ce que vous auriez voulu?

Nikki réprima un sourire en décelant une note de contrariété dans sa voix. Elle réfléchit :

– Euh... pamplemousse, peut-être.

– Peut-être? fit-il en haussant les sourcils.

Elle eut l'air plus convaincu.

– Oui, c'est ça. Pamplemousse.

Il lui lança un regard perplexe et hocha la tête.

– Bien.

Il descendit dans la cuisine, mais cette fois il prit son temps. Quand il revint, elle était en train de manger un toast. Il remarqua qu'elle avait délibérément laissé de côté la confiture de fraise.

– Mon Dieu, j'ai une soif! s'exclama Nikki.

Michael lui tendit le jus de pamplemousse, mais elle secoua la tête.

– Non. Je voudrais de l'eau. Pourriez-vous m'en monter un verre, avec de la glace? S'il vous plaît, Michael.

Il se frotta le menton. Se moquait-elle ouvertement de lui ou était-elle simplement une malade difficile.

Puisqu'il n'avait pas l'air décidé à lui faire ce plaisir, il fallait l'encourager un peu. Elle le regarda d'un air contrit tout en disant :

– J'en demande peut-être trop... Ça ne fait rien. Je m'en passerai.

– Non, non. J'y vais.

A la porte, il se retourna.

– Vous êtes sûre que vous ne voulez rien d'autre?

– Absolument sûre.

Dès qu'il fut sorti, elle éclata de rire. Elle avait retrouvé son calme quand il revint. Mais résolue à enfoncer le couteau encore plus profondément dans la plaie, elle lui demanda cette fois :

– Cela vous ennuierait d'aller me chercher le magazine que j'ai laissé sur le poste de télévision?

Michael la dévisagea sans faire un mouvement. Elle sentit qu'il était à bout.

– Vous savez, Michael, dès que j'irai mieux, je ferai un saut chez *Tiffany* pour vous acheter un cadeau.

Il lui lança un regard insolent.

– Vraiment?

– Oui. Un de ces colliers en or qui ont l'air de colliers d'esclave.

Elle serra les dents pour ne pas lui pouffer de rire au nez.

– Ça vous amuse, hein? dit-il d'un ton accusateur.

C'était plus une affirmation qu'une question et il n'attendit même pas qu'elle lui réponde.

– Vous m'avez mené en bateau toute la

semaine pour voir jusqu'où vous pouviez aller. Je viens seulement de m'en apercevoir...

Elle éclata de rire. Des larmes lui coulaient sur les joues. Sans prendre garde à son hilarité, Michael lui dit d'un ton menaçant :

– Vous avez de la chance que votre bras soit encore dans le plâtre, autrement je vous aurais administré une bonne fessée!

– Vous n'oseriez pas, rétorqua-t-elle d'un air de défi.

– Non seulement j'oserais, mais en plus j'y prendrais un immense plaisir, dit-il, les yeux brillants. Pas trop fort, bien sûr. Quant à ce qui viendrait ensuite...

Il promena lentement le regard sur elle et sur ses formes qui se dessinaient sous les draps. Il arrêta ses yeux sur sa bouche puis changea brusquement d'expression.

– Finissez votre petit déjeuner, Nikki, lança-t-il d'un ton cassant, et il sortit.

Satisfaite de son petit succès, elle croqua dans un toast. Le regard plein de convoitise de Michael ne lui avait pas échappé. Bien sûr, elle courait un risque en le provoquant, mais la tentation était trop forte. Pendant les premiers temps, il s'était montré peu enclin à la vertu. Maintenant qu'il était déterminé à se conduire en gentleman, en grand frère, il était devenu trop tentant de le défier...

Le dimanche suivant, Erika vint lui faire une visite. Elles passèrent l'après-midi à bavarder – de tout, sauf de Michael.

Nikki lui avoua qu'elle avait hâte de retourner au travail et qu'elle attendait le lendemain avec impatience. Elle en avait assez d'être clouée au lit à regarder la télévision. Vendredi on lui avait retiré ses agrafes. Une cicatrice de taille marquait son bras, mais le Dr Russo était satisfait et avait affirmé que la cicatrisation était en bonne voie.

Le Dr Worsley lui avait ôté son plâtre le même jour pour le remplacer par un autre. Puisqu'elle n'avait plus ni douleurs ni malaises, il l'avait autorisée à reprendre une vie normale, à condition d'être prudente.

La vie de Nikki reprit son cours. Elle regrettait seulement de ne plus pouvoir s'amuser de Michael. Non seulement il travaillait beaucoup, mais il se déplaçait fréquemment. La compagnie avait étendu ses activités à l'Europe et il lui fallait se mettre en rapport avec des hommes d'affaires en Angleterre, en Allemagne et en France.

Tous ces voyages outre-Atlantique paraissaient fabuleux à Nikki, mais Michael prétendait qu'en dehors des aéroports, des salles de réunion et des hôtels il ne voyait pas grand-chose.

Il mettait cependant un point d'honneur à se trouver à New York le vendredi pour l'accompagner chez le Dr Worsley. Nikki lui reprochait d'être une vraie mère poule, mais au fond elle en était très touchée. Elle s'asseyait aussi près que possible de lui à l'arrière de la voiture, mais pendant les vingt minutes aller et vingt minutes retour que durait le trajet, pas une seconde il ne paraissait remarquer son manège. Elle n'obtint pas plus de succès en chemin vers le *March Institute* où sa mère avait été transférée.

Si Nikki espérait secrètement qu'il en arriverait à lui faire une déclaration d'amour, elle devait être bien déçue. Il se montrait prévenant, protecteur, amical, mais il la traitait plutôt comme une jeune cousine ou une amie de la famille.

Quand il était à New York, Michael avait toujours pour elle un emploi du temps tellement chargé qu'elle ne savait plus où donner de la tête.

Il l'emmenait se promener et pique-niquer dans Central Park. Là, Nikki s'allongeait sur une couverture soi-disant pour prendre le soleil. En fait, elle était surtout attentive aux réactions de Michael à ses tentatives de séduction. Mais à son grand désespoir, il ne réagissait d'aucune façon.

Ils allèrent faire des courses dans les grands magasins de Manhattan pour acheter à Nikki des robes aux manches longues et larges qui cacheraient son plâtre. Michael laissait toujours aux vendeuses le soin de s'occuper d'elle, montrant une indifférence parfaite au choix qu'elle faisait et qui lui coûtait si cher. Il restait assis dans un coin, à lire des rapports ou à prendre des notes.

Il la conduisait aussi au théâtre, à l'opéra et au concert. Il prenait toujours les meilleures places et tombait invariablement sur toutes sortes d'amis ou connaissances. Nikki était frappée par le nombre de gens qui lui faisaient des remarques telles que : « Ainsi vous êtes Nikki! Enchanté de vous rencontrer! » ou bien : « Vous êtes encore plus charmante qu'on le dit! » Nikki souriait, balbutiait quelques remerciements, tout en s'étonnant de l'attitude de Michael qui la prenait tendrement par le bras, alors qu'en privé il gardait résolument ses distances.

Généralement, Nikki ne lisait que le *New York Sun*, le matin. Mais Michael, lecteur insatiable, parcourait au moins cinq journaux tout en prenant son petit déjeuner. Le lundi matin, comme elle était descendue dans la cuisine boire son café, Nikki trouva un exemplaire du *Sun* ouvert sur la table. Un article dans la rubrique mondaine était entouré au crayon rouge :

« La fougueuse Elianna Dunne n'est plus en voix actuellement, depuis que son grand ami Michael Cragun, président de la CAI, s'intéresse à une charmante petite brune au poignet cassé. C'est le patron de cette jeune femme, le rédacteur en chef du *New York Sun*, Peter Delavan, qui les aurait présentés l'un à l'autre. Pourquoi, Mike, avez-vous congédié la Dunne ? Auriez-vous appris qu'elle entretenait des rapports extra-musicaux avec son chef d'orchestre ? »

Michael avait écrit dans la marge, à l'intention de Nikki :

« Je suis toujours le dernier au courant. J'ai pensé que cet article vous amuserait, charmante petite brune. Voilà une bonne occasion de vous payer ma tête ! »

Le moins qu'on puisse dire c'est que toute cette histoire ne semblait pas l'affecter outre mesure.

Vers le milieu du mois de mai, la nièce de Michael vint passer le week-end avec son oncle. La fille de Mélanie et Brandt Newman n'avait que onze ans. Elle adorait Michael et il prenait un grand plaisir à lui faire découvrir la ville. Nikki remarqua non sans tristesse qu'il traitait sa nièce à peu près comme il la traitait elle-même, sauf que celle-ci avait droit à des témoignages physiques d'affection...

Laurie avait commencé à prendre des leçons de danse à six ans et son amour pour le ballet n'avait fait que croître depuis. Les murs de sa chambre étaient couverts de photographies d'étoiles de la danse. Alors que les filles de son âge se regardent chaque jour dans la glace pour guetter l'apparition de rondeurs féminines, Laurie, qui était tout en grâce et en finesse, redoutait plus que tout que sa silhouette de danseuse ne soit complètement gâchée par la maturité.

Nikki était pleine d'admiration pour Michael qui passa tout le vendredi soir et le samedi après-midi avec sa nièce au ballet. Mais à son grand étonnement, elle s'aperçut qu'en fait il était à la fois connaisseur et très amateur de danse. Laurie, elle, était au comble de la joie.

Après le spectacle du samedi, ils allèrent tous

les trois dîner dans un restaurant de poissons. Michael fut ravi que Nikki fasse appel à lui pour l'aider à manger son homard. Il l'avait regardée se démener avec sa main valide, essayant en vain de briser la carapace. Il ne lui avait pas offert son concours et il avait attendu qu'elle appelle au secours. Nikki s'en voulut de ne pas avoir commandé plutôt des crevettes ou une sole. Michael lui proposa même de la faire manger. Ses plaisanteries étaient encore plus difficiles à avaler que son indulgence de grand frère : elle aurait tant voulu croire qu'elle était autre chose pour lui qu'une petite sœur...

En plus de la danse, Laurie adorait les animaux. Ils décidèrent de passer le dimanche au zoo. Suzanna leur avait préparé un copieux pique-nique et, après avoir fait le tour du parc en tramway, ils s'installèrent à l'ombre pour manger.

La plupart des animaux vivaient en liberté et c'était merveilleux de les observer. Laurie alla directement jusqu'à un coin de parc appelé : « Le Monde de l'Ombre » où se trouvaient les oiseaux de nuit. Ce spectacle était le plus populaire de tout le zoo. Là, le jour et la nuit étaient inversés. Des lumières vives brillaient toute la nuit, tandis que pendant la journée, on allumait des lampes à infra-rouges. Ainsi, les créatures nocturnes allaient et venaient pendant les heures d'ouverture du parc, au grand ravissement des visiteurs.

Laurie et Michael paraissaient infatigables, mais Nikki, après des heures et des heures de marche dans le zoo, tenait à peine sur ses jambes. Elle n'en dit rien pour ne pas gâcher le plaisir de Laurie mais, au bout du compte, elle trébucha et serait tombée si Michael ne l'avait pas rattrapée par le bras. Il lui lança un regard furieux et la réprimanda comme une enfant.

– Pourquoi ne pas m'avoir dit que vous n'en pouviez plus?

Enfin, tous les trois regagnèrent la voiture pour raccompagner Laurie. Ses parents habitaient dans Dutchess County, à deux heures environ de Manhattan. Michael fit asseoir sa nièce à l'arrière et de son ton habituel de despote ordonna à Nikki d'aller se reposer à l'avant. Elle s'endormit presque aussitôt, sa tête sur ses genoux.

A peine arrivés, les frères jumeaux de Laurie assaillirent leur oncle, le malmenant jusqu'à ce qu'il demande grâce.

– J'ai une idée! s'écria Laurie à l'adresse de ses parents. Il faut absolument qu'oncle Mike et Nikki viennent faire les baby-sitters. (Elle se tourna vers son oncle.) Papa et maman vont à une foire à la brocante dans deux semaines et c'est Mme Grey qui doit nous garder. Ce serait beaucoup mieux si c'était vous deux!

Mélanie allait protester. Elle fut interrompue par les glapissements de joie de Mark et Jeffrey, les deux jumeaux : Mme Grey était vieille et méchante et pas drôle du tout.

Flatté, Michael céda à la pression générale.

– Je suis d'accord, à condition que vous arriviez à convaincre Nikki, dit-il.

– Je l'aurais fait avec plaisir, Michael, mais avec mon bras dans le plâtre, je ne peux même pas cuisiner ou faire la vaisselle!

Les enfants se chargèrent de la faire changer d'avis rapidement.

– Eh bien, c'est entendu, fit Mélanie en hochant la tête et en regardant son frère d'un air moqueur. Laurie partagera sa chambre avec Nikki, puisqu'il paraît que tu dors seul ces temps-ci.

– Malheureusement, oui, grande sœur! répliqua-t-il en riant. Nikki a des notions démodées de l'amour et du mariage.

Nikki rougit. Elle faillit rabrouer Brandt lorsqu'il dit sur le ton de la plaisanterie :

– Eh bien, épouse-la tout de suite, mon vieux!

– J'y penserai, répondit brièvement Michael.

Il prit Nikki par le bras et la ramena à la voiture. Elle s'assit aussi loin que possible de lui, ruminant tout ce qui venait de se dire.

Après un moment, elle dit, vexée :

– Votre famille a l'air de croire que nous avons l'intention de nous marier. Pourquoi ne pas leur dire la vérité?

– Parce que vous ne voulez pas m'épouser? Depuis un mois vous ne faites que me provoquer. Qu'est-ce que vous cherchez exactement? Un assaut, suivi d'une demande en mariage?

Nikki ne savait pas quoi dire. Il était si proche de la vérité! Michael poursuivit d'un ton moqueur :

– J'ai compromis votre réputation sans tache. On parle de nous dans la rubrique mondaine. Tout le monde sait que nous vivons ensemble. Il faut bien que je fasse de vous une femme honnête, non?

– Ne soyez pas ridicule, marmonna Nikki.

– Irrationnel, conduit par un sentiment de culpabilité, et maintenant ridicule... Décidément, vous avez une belle opinion de moi, ironisa-t-il.

– Vous savez très bien ce que je veux dire. Vous ne m'aimez pas. Vous ne me désirez même pas. Je ne suis qu'une petite sœur pour vous et vous ne remarquez même pas quand je... je...

– Oui? fit-il en souriant.

– Quand je vous provoque, lança-t-elle finalement.

– Je ne le remarque pas?

– Non!

Il poussa un soupir.

– Bon. Alors disons que je ne vous aime pas. Je ne vous veux pas dans mon lit et je ne veux pas vous épouser. Mais je tiens à vous prévenir : la prochaine fois que vous vous livrerez à vos manœuvres d'approche, je vous emmène dans la première chambre à coucher que je trouve. Je n'ai pas l'intention d'en supporter plus.

Elle aurait voulu lui demander s'il l'aimait mais pas un son ne sortit de sa bouche. De toute manière, même une réponse positive ne l'aurait pas satisfaite. Il était trop loin d'elle pour qu'elle puisse jamais croire qu'il l'aime. Peut-être voulait-il l'épouser, mais alors c'était pour une tout autre raison : pour plaire à sa famille, ou pour avoir des enfants, ou simplement parce qu'il se sentait coupable d'avoir bouleversé sa vie.

Il lui avait clairement fait comprendre qu'il la trouvait séduisante et l'avoir dans son lit ne représenterait pas pour lui une horrible corvée. Mais Nikki n'était pas prête à accepter un mariage sur de telles bases. Puisqu'il l'avait mise en garde et prévenue de ce qui lui arriverait si elle persistait à le provoquer, elle en tiendrait compte.

9

« Si je vous parle encore après ça, dit Nikki, s'adressant en pensée à Michael Cragun, c'est que je suis complètement idiote ou complètement folle! »

Michael avait tout d'abord refusé de croire qu'il pouvait tomber malade. Il avait voyagé toute la semaine, entre Los Angeles, Dallas, Chicago et la Floride et il était rentré à New York samedi avec une toux persistante qu'il attribuait à une espèce d'allergie. Il ne voulut même pas annuler son match de hand-ball du dimanche après-midi, foudroyant la pauvre Suzanna qui avait eu l'audace de suggérer qu'il reste à la maison. Personne ne fut étonné lorsqu'il revint le soir, trempé de sueur et totalement épuisé.

Suzanna, déjà échaudée, se contenta de le regarder, les lèvres serrées. Mais Nikki commit l'erreur de lui faire part de son inquiétude.

– J'ai besoin d'une douche froide, c'est tout. Arrêtez donc vos pleurnicheries! lui répondit-il violemment.

Lundi matin, Michael se réveilla en retard. Il partit en même temps que Nikki pour se rendre à son bureau.

Devant l'immeuble du *Sun*, il lui tendit la main pour l'aider à sortir de voiture : elle était chaude et moite. Nikki ne put s'empêcher de le lui faire remarquer.

– Ça suffit, Nikki! lui avait-il lancé en claquant la portière brutalement.

De retour du bureau en fin d'après-midi, elle ne fut pas surprise d'apprendre par Henry que le patron était déjà rentré et qu'il s'était couché. Lui-même semblait avoir un bon rhume : il éternuait sans arrêt.

Michael dormit d'une traite jusqu'au lendemain matin. Tandis que Nikki s'habillait, elle l'entendit crier après Suzanna qui se proposait d'appeler un docteur. Elle voulut aller lui dire bonjour, mais en voyant son expression elle referma vivement la porte.

Mme Warren avait fait d'étonnants progrès depuis son entrée au *March Institute*. Nikki alla lui rendre visite après son travail et demanda à Henry de l'attendre. Elles allèrent toutes les deux bavarder dans un salon de réception de la clinique. Au moment où Nikki allait partir, Stephen Rowland arriva. Il embrassa Pamela et sortit de sa poche un écrin de velours; il en tira une bague sertie d'un magnifique diamant. Il ôta à Pamela son anneau de mariage, glissa la bague à la place et dit tranquillement :

– Je ne vous donne pas la possibilité de refuser, Pamela. Je le fais devant Nikki, comme ça il ne peut plus y avoir de retour en arrière.

Nikki n'avait jamais vu le visage de sa mère aussi rayonnant de bonheur.

– Qu'est-ce qui a pu vous faire croire que je serais tentée de refuser? lui murmura-t-elle.

Tous les trois s'embrassèrent et se congratulèrent. Comme Nikki prenait congé de son futur beau-père, il lui déclara en souriant :

– L'amour et le mariage sont le meilleur remède à quantité de maux... y compris les infarctus et les poignets cassés!

En rentrant, Nikki trouva Suzanna d'aussi

mauvaise humeur que son patron. Elle jeta un coup d'œil furibond à Henry et lui dit en anglais :

– Un malade suffit dans cette maison. Va te coucher tout de suite, sinon...

S'ensuivit une tirade en italien. Henry se dépêcha de disparaître.

– Ah! ces hommes! De vrais enfants! fit-elle d'un air exaspéré.

Nikki insista auprès de Suzanna pour l'aider à s'occuper de Michael : après toute une journée passée à supporter ses caprices et ses colères, sa patience était gravement entamée. Le pire de tout, c'était que Michael se forçait à rester éveillé pour travailler, et plus il se fatiguait, plus il devenait irritable.

Les sourires et les mots gentils, qui n'étaient déjà pas son fort, avaient complètement disparu de son répertoire. Pendant deux soirs consécutifs, il aboya des ordres à Nikki qui obéissait sans mot dire. Il voulait autre chose à manger. Il avait besoin d'eau glacée. Il faisait trop chaud. Il se mettait en colère parce qu'il n'arrivait pas à joindre un client au téléphone ou parce qu'il ne retrouvait pas un dossier. Tout d'abord, Nikki crut qu'il se vengeait de la comédie qu'elle lui avait jouée lorsqu'elle était elle-même clouée au lit. Mais elle s'aperçut bien vite qu'il ne plaisantait pas. La patience stoïque dont elle avait fait preuve commençait à l'abandonner.

– J'ai laissé tomber ma mère pour satisfaire vos caprices, lui lança-t-elle enfin à bout de nerfs. Mais je ne suis pas votre esclave et je n'accepterai pas d'être traitée comme telle!

Nikki était tellement furieuse qu'elle ne savait plus ce qu'elle disait.

– Je travaille toute la journée, poursuivit-elle. Je fais des aller et retour dans cet autobus infernal. Si en plus je reviens ici pour supporter les humeurs d'un bonhomme gâté et violent, alors non! D'abord, vous ne seriez pas tombé malade si vous aviez fait un peu attention. Vous n'avez plus vingt ans!

– Très bien! Parfait! Alors sortez d'ici. Est-ce que je vous ai demandé quelque chose? rétorqua-t-il, enragé. (Et pour faire bonne mesure, il ajouta :) Et prenez donc un taxi, petite idiote!

A sa grande honte, Nikki éclata en sanglots et s'enfuit. Néanmoins, le jeudi, quand Suzanna l'accueillit complètement épuisée, elle se résigna à passer encore une soirée à jouer les martyrs.

Mais, cette fois, il la surprit par une politesse excessive. Chaque ordre qu'il lui donnait était précédé de : « Si ce n'est pas trop vous demander », ou : « Je vous serais tellement reconnaissant. » Bien qu'il fasse plus de 20º dans la chambre, Michael prétendait avoir froid. Nikki mit le thermostat à 25º. De l'air chaud souffla bientôt dans la pièce : elle alla se changer et passa un corsage rose sans manches et un short blanc. Comme elle venait de s'asseoir pour regarder la télévision, la voix impatiente de Michael retentit :

– Nikki!

Poussant un soupir de lassitude, elle se leva. Décidément, il fallait qu'elle soit ou bien follement amoureuse, ou bien complètement cinglée!

– Merci d'être venue. Je l'apprécie plus que je ne puis le dire, fit-il d'un ton sec. Mais... qu'est-ce que vous avez sur le dos?

– Je suppose que vous ne m'avez pas appelée pour me parler de ma tenue? grogna-t-elle, les dents serrées. Qu'est-ce que vous voulez?

– Je ne retrouve pas le contrat de la *Pacific Timber.* Si ce n'est pas trop vous demander...

Son air sarcastique lui donna envie de tout envoyer promener. Elle regarda autour d'elle avec désespoir : papiers et classeurs jonchaient le lit. Elle soupira et s'assit, jambes croisées, pour mettre un peu d'ordre dans ce fouillis. Michael suivait des yeux chacun de ses gestes. Elle avait hâte de trouver ce qu'il cherchait, mais travailler d'une main n'accélérait pas les choses. Finalement, elle aperçut le contrat : il s'était glissé entre les pages d'un rapport. Nikki le tendit à Michael.

– Merci beaucoup. (Mais il jeta le papier par terre et reprit d'un ton ironique :) Vous voulez vraiment me faire plaisir? Alors enlevez ce que vous avez sur le dos et venez près de moi.

Nikki refusa de le prendre au sérieux.

– Dans l'état où vous êtes, vous vous écrouleriez sûrement avant qu'il se passe quoi que ce soit, répondit-elle avec mépris.

Pour la première fois depuis cinq jours, il sourit.

– C'est triste à dire, mais c'est vrai, gémit-il.

Et il ramassa son contrat.

Vendredi matin, vers 7 heures, Nikki entendit Michael farfouiller à l'étage au-dessous. Décidément, s'il refusait de faire attention, il allait se rendre encore plus malade.

Elle pensait téléphoner à Mélanie Newman pour lui proposer d'amener les enfants chez eux. Elle avait évité de rappeler à Michael leur promesse de garder Laurie, Mark et Jeffrey pendant le week-end. Cette perspective allait certainement le mettre d'encore plus mauvaise humeur.

Nikki enfila sa robe de chambre et descendit. Michael, bien qu'un peu pâle, avait l'air en bien meilleure forme. Il la pria aussitôt de garder ses commentaires pour elle : il se sentait très bien. Il lui annonça qu'il passerait la chercher à 4 h 30, en revenant du bureau. Elle n'avait qu'à préparer sa valise maintenant et à la mettre dans le coffre de la voiture. Ils se rendraient directement chez Mélanie et Brandt.

Nikki espérait vaguement des excuses de sa part pour sa conduite odieuse envers elle et envers tout le monde, mais Michael resta muet sur ce sujet. Peut-être pensait-il que tous les malades devenaient de droit des tyrans. En tout cas, Nikki comprit vite qu'elle ne pourrait survivre à ce week-end qu'en affectant la bonne humeur. Elle ravala sa rancœur et monta faire ses bagages.

Dès que Mélanie entendit arriver la voiture de son frère, elle mit le dîner au four. Elle leur donna quelques brèves instructions tandis que Brandt les remerciait encore d'être venu. Après avoir embrassé les enfants, ils se mirent en route.

Nikki comprit bientôt pourquoi Mélanie et Brandt étaient partis si précipitamment : les jumeaux, excités par la venue de leur oncle, étaient comme des piles électriques. Ils firent une partie de monopoly qui tourna au match de catch, chacun accusant l'autre de tricher. Nikki dut finalement intervenir.

Elle ordonna aux trois enfants de prendre leur bain et de filer au lit. Michael s'était réfugié dans le bureau de son beau-frère. C'est sans enthousiasme qu'il monta dire bonsoir à ses neveux. Nikki sourit en l'entendant murmurer :

– Et dire que je voulais avoir des enfants!

Michael et Nikki s'installèrent ensuite dans le salon pour lire un peu. Nikki appréciait le silence, ponctué de cris d'animaux et du sifflement du vent dans les arbres. Au bout de quelques minutes, Michael se leva et tira de sa poche un écrin qu'il lui tendit.

– C'est pour vous. Pour m'avoir supporté tout ce temps, expliqua-t-il avec brusquerie.

C'était un collier de diamants et d'émeraudes avec une paire de boucles d'oreilles assorties. Nikki rougit et essaya de refuser sans le heurter :

– Merci, Michael, mais ma mère m'a appris qu'il ne fallait jamais accepter ce genre de cadeaux faits par des individus dans votre genre, dit-elle d'un ton léger. C'est une parure extraordinaire. Vous avez vraiment très bon goût. C'est vous qui l'avez choisie?

Il lui lança un regard moqueur.

– Oui, mademoiselle Cynique. C'est moi qui l'ai choisie! Pour aller avec vos yeux verts. Laissez-moi vous aider à attacher le collier.

Il s'assit sur le sofa et lui passa le bijou autour du cou, mais Nikki repoussa sa main.

– Non, Michael. Je ne peux pas l'accepter. Ce bijou a beaucoup trop de valeur. Si vous vous étiez simplement excusé d'avoir été aussi désagréable, ça m'aurait suffi.

– Vous savez bien que les excuses ne sont pas mon point fort, Nikki. Mais je suis sincèrement désolé. Je n'ai pas été malade depuis le collège et je ne supportais pas de me sentir si faible. Je reconnais que vous êtes une sainte. Et maintenant, silence! Laissez-moi vous mettre ce collier.

Il lui attacha le fermoir dans le cou, d'une manière froide et impersonnelle. Assise toute raide, elle mourait d'envie qu'il la prenne dans ses bras, qu'il l'embrasse, qu'il la caresse. Au lieu de quoi, il lui tendit les boucles d'oreilles pour qu'elle les mette elle-même. Il la regardait avec admiration mais Nikki eut l'impression que ce qu'il admirait, c'était son propre goût.

– Ma foi, ça vous va vraiment très bien. Vous me remercierez quand vous voudrez, ajouta-t-il en souriant.

Exaspérée qu'il s'en tienne là, Nikki demanda d'un ton maussade :

– Vous offrez des bibelots comme ça à tout le monde?

– Non, les autres, je les *paie*. Vous savez bien

que je suis un patron exemplaire... lança-t-il en plaisantant.

– Vraiment? Moi qui ai failli travailler pour vous, je ne suis pas tellement d'accord. (Elle lui montra son poignet cassé d'un air sarcastique.) Voilà ce que ça m'a rapporté de vous fréquenter.

Michael ne riposta pas. Il resta immobile, regardant droit devant lui. Nikki, honteuse d'avoir été aussi méchante, fit aussitôt acte de contrition :

– Oh! Michael, je suis désolée. Je ne voulais pas dire ça. C'est complètement idiot. Vous savez bien que je ne vous tiens pas pour responsable de ce qui s'est passé. Ces bijoux sont... merveilleux, mais vous devez comprendre que je ne peux pas les accepter. Ce cadeau... c'est pour apaiser votre conscience, n'est-ce pas?

– C'est comme ça que vous voyez les choses? demanda-t-il avec sérieux. Dans ce cas, vous avez tort. Vous avez l'art d'interpréter de travers tout ce que je fais. Mais si vous n'en voulez vraiment pas...

Haussant les épaules, il lui ôta le collier et tendit la main pour qu'elle lui rende les boucles d'oreilles.

Contre toute logique, Nikki était déçue maintenant qu'il ne l'ait pas obligée à garder son cadeau. Un refus ne l'avait jamais arrêté avant! Elle ramassa un magazine, marmonna bonne nuit et monta précipitamment dans la chambre de Laurie.

La journée du lendemain commença mal. À 5 heures du matin, les jumeaux firent irruption dans la chambre de leur oncle. Furieux, Michael les rabroua vivement. Le langage qu'il leur tint choqua même Nikki. Mark et Jeffrey allèrent tout de suite prévenir Laurie que leur oncle était d'une humeur massacrante et qu'ils feraient bien de se tenir tous à carreau s'ils voulaient qu'il revienne jamais les voir.

Laurie prépara des crêpes pour le petit déjeuner. Malgré la mauvaise humeur de Michael, le repas se déroula sans incident. Mark et Jeffrey étaient surexcités, mais un coup d'œil de leur oncle suffit à les calmer.

Puis tous allèrent se promener dans les bois. Il avait plu un peu pendant la nuit et une bonne odeur montait de la terre. Toute cette nature enivrait Nikki et elle regardait tristement son plâtre qui l'empêchait de gambader et de grimper aux arbres comme les enfants.

Michael avait retrouvé sa bonne humeur. L'après-midi, ils firent une partie de football. Il joua seul contre les trois enfants et, faisant violence à sa nature, il les laissa gagner. Il s'enferma ensuite dans le bureau de Brandt pour donner quelques coups de téléphone. Nikki, épuisée, fut contente de voir les enfants sagement assis devant la télévision. Mélanie avait préparé un délicieux ragoût qu'elle n'eut qu'à réchauffer. Après dîner, les enfants, éreintés par leur journée, ne firent aucune difficulté pour aller se coucher. Michael, sarcastique, fit remarquer à Nikki qu'il avait trouvé la solution : il fallait les épuiser au point qu'ils n'aient plus la force de contrarier les adultes.

Tous deux restèrent silencieux devant le petit écran. Ils n'avaient échangé que quelques mots au cours de la journée et Nikki se demandait s'ils étaient réconciliés après l'incident de la veille. Ses yeux se fermaient malgré elle.

– Je vous porterais bien jusqu'à votre chambre, mais franchement, je ne m'en sens pas la force, dit Michael qui avait l'air aussi très fatigué.

Nikki fut plus qu'heureuse de monter se coucher comme il le lui suggérait.

Elle fut réveillée à 3 heures du matin par un

bruit étrange venant du dehors. On aurait dit que quelqu'un rôdait autour de la maison. Décidée à aller voir ce qui se passait, elle enfila sa robe de chambre et descendit bravement l'escalier. A mi-chemin, elle s'arrêta. Si un cambrioleur essayait de s'introduire à l'intérieur, qu'est-ce qu'une femme avec un bras dans le plâtre pourrait bien faire? Il y eut un bruit métallique. Le cœur de Nikki sauta dans sa poitrine.

Remontant rapidement, elle courut jusqu'à la chambre de Michael qui dormait à poings fermés.

– Michael! appela-t-elle doucement.

Il ne répondit pas. Le prenant par l'épaule, elle le secoua. Il grogna et se retourna de l'autre côté. Nikki sursauta en s'apercevant qu'il ne portait rien sur lui. Elle se dirigea vers la fenêtre et regarda dehors. On entendait des coups répétés, comme si quelqu'un essayait de forcer une fenêtre. D'une voix ensommeillée suivie d'un bâillement, Michael demanda :

– Que se passe-t-il?

– Quelqu'un essaye d'entrer dans la maison. Ça m'a réveillée, murmura-t-elle, agitée.

Michael sauta du lit et la rejoignit à la fenêtre. Au lieu de rougir et de baisser les yeux, Nikki regardait Michael, fascinée par son corps nu et musclé. Leurs yeux se croisèrent. Il détourna la tête et, en ronchonnant, alla enfiler sa robe de chambre. Un claquement violent se fit entendre et Nikki dit à mi-voix :

– Ça y est, ça recommence!

Michael éclata de rire.

– On voit bien que vous êtes une fille de la ville! Venez voir vos cambrioleurs!

Il la prit par la main et l'emmena jusque dans la cuisine. Par la fenêtre, on apercevait les poubelles rangées près du porche. A la lueur de la lune, Nikki distingua quatre ratons laveurs. Ils avaient éparpillé les ordures un peu partout et grignotaient les pelures d'orange et les os de poulet.

– Quelle idiote je suis! s'exclama-t-elle en regardant leur manège. J'ai vraiment cru qu'il s'agissait de voleurs... ou même pire!

– Chère madame, répliqua Michael d'un ton sec, si vous tenez à votre vertu, je vais vous donner un conseil : n'entrez jamais dans la chambre d'un gentleman à 3 heures du matin!

Il jeta un coup d'œil sur Nikki, dont la robe de chambre mal ajustée cachait mal les formes séduisantes.

Elle se sentit impuissante devant ce regard. Désespérément, elle voulait qu'il la prenne dans ses bras. Elle fit un pas en avant, les yeux mi-clos, et dit d'une voix altérée :

– Etes-vous un gentleman, Michael?

– Serait-ce une invitation?

Sans lui laisser le temps de répondre, il fit glisser son vêtement de ses épaules et la serra contre lui, l'embrassant doucement.

– Ne vous avais-je pas prévenue de ce qui arriverait si vous me provoquiez à nouveau? lui murmura-t-il à l'oreille.

Il lui caressa le ventre et la poitrine tandis qu'il suivait de sa langue le tracé délicat de ses lèvres. Nikki, sur la pointe des pieds, le corps tendu contre celui de Michael, répondait à ses baisers, complètement abandonnée. Mais quand il la souleva du sol, elle réagit :

– Posez-moi par terre, Michael.

– Jamais de la vie, fit-il d'un ton égal en la portant jusqu'au bas de l'escalier.

Il monta lentement les marches. Nikki se débattait, mais par instants seulement, ne sachant elle-même ce qu'elle voulait. Michael s'arrêta près du lit, la tenant toujours étroitement serrée contre lui. Il l'embrassa à nouveau, mais sans aucune douceur : une passion brutale semblait déferler en lui, à la fois effrayante et pleine de promesses. Il la jeta sans ménagement sur le lit et se coucha sur elle. Prise de vertige, Nikki avait renoncé à toute pensée cohérente. Abandonnée sans retenue, agrippée aux hanches de Michael, elle haletait. Il se pressait contre elle, sans précaution, sans gentillesse, dans une étreinte sauvage. Il lui dévorait le visage de ses lèvres et elle eut l'impression qu'elle allait se mettre à crier s'il tardait encore à poser sa bouche sur la sienne.

Michael roula sur le côté, sans la lâcher. La soudaineté de ce mouvement la surprit et sa main resta prise sous lui. Elle poussa un gémissement de douleur. Il se redressa si brusquement que c'en était comique. Tous les deux restèrent un moment à se dévisager dans la semi-pénombre.

– Bon Dieu! lança Michael. Bon Dieu de bon Dieu, de bon Dieu!

Nikki se sentit coupable, sans raison.

– Je suis désolée, Mike. C'est juste...

Il l'interrompit en colère.

– Comment diable voulez-vous que... Sortez d'ici, Nikki! Et s'il vous plaît, dorénavant, tâchez de vous tenir à distance. C'est compris?

Nikki n'avait jamais été aussi atterrée. Elle acquiesça, hébétée. Une fois dans la chambre de Laurie, elle éclata en sanglots. Elle pleura jusqu'à ce qu'elle s'endorme.

Elle aurait voulu continuer à dormir toute la vie, mais avec Laurie, Mark et Jeffrey l'appelant à grands cris pour le petit déjeuner, elle fut bien obligée de descendre. Laurie avait préparé du bacon et des œufs. Michael arriva alors que tous les quatre étaient déjà attablés. Il marmonna un vague bonjour sans les regarder et se versa une tasse de café.

Nikki et lui avaient l'air de deux boxeurs, chacun guettant la position de l'autre. Tous les deux paraissaient fascinés par la lecture du *New York Sun*. Michael finit par suggérer à sa nièce d'aller aider les jumeaux à s'habiller.

– Et arrange-toi pour que ça te prenne au moins un quart d'heure!

Laurie saisit le message. Malgré leurs protestations, elle poussa Mark et Jeffrey dehors en les houspillant comme de vulgaires petits chiens.

Resté seul avec Nikki, il poussa un profond soupir. Nikki fut aussitôt sur la défensive.

– Autant en finir tout de suite, dit-il. Je sais que vous auriez préféré ne pas me voir aujourd'hui, mais nous n'avons pas le choix. Je suis désolé. J'aurais dû... Oh, et puis je ne sais pas du tout ce que j'aurais dû!

– C'est moi qui n'aurais pas dû vous provoquer, murmura-t-elle.

– C'est juste.

– Vous... vous m'aviez avertie, ajouta-t-elle d'un air malheureux.

– Juste aussi.

– Avec n'importe quelle femme, vous auriez réagi de la même façon.

– Si vous le dites..., fit-il d'un ton neutre.

Nikki lui lança un regard perçant.

– Ce n'est pas vrai? insista-t-elle.

Il secoua la tête.

– Vous en avez encore long à apprendre sur les hommes, Nikki, et en particulier sur moi. Mais les cours ne commenceront que quand votre poignet sera guéri. Je ne commettrai pas la même faute deux fois. Maintenant, est ce que nous sommes réconciliés?

Elle avait envie de lui demander pourquoi il avait été aussi brutal et furieux la veille, mais elle n'osa pas.

Elle hocha la tête en signe d'approbation.

– Bon, dit-il en bâillant. Où est le journal local? Il faudrait emmener les gosses quelque part...

Laurie, Mark et Jeffrey étaient en train de traiter leur oncle de tous les noms : « Bourreau d'enfants! », « Tigre de papier! » Et, insulte plus grave encore : « Tu es tout à fait comme papa! »

Ils revenaient d'une fête foraine où ils avaient fait des tours de manège, des promenades à dos de poney, regardé les singes, mangé des popcorn, des barbes à papa et des cacahuètes! Pour les trois enfants, Michael était alors l'oncle le plus merveilleux de la terre. Malheureusement, il leur avait demandé de faire leurs devoirs aussitôt rentrés à la maison et de mettre de l'ordre dans leur chambre avant l'arrivée de leurs parents...

Quand tout fut terminé, il rentra dans leurs bonnes grâces en les emmenant dehors, manger un hamburger. Quand Mélanie et Brandt arrivèrent dans la soirée, les enfants avaient déjà pris leur bain et étaient en pyjama.

– Je n'ai jamais vu quelqu'un d'aussi efficace que toi, dit Mélanie à son frère.

Brandt sourit et ajouta avec chaleur :

– Merci encore à vous deux d'avoir gardé les enfants. Je suis sûr qu'ils ont été à la fête. J'espère qu'un jour nous pourrons vous rendre la pareille.

– Et moi, je viendrai faire la baby-sitter chez vous, déclara Laurie très sérieusement. Quand vous serez mariés, bien sûr!

Sur le chemin du retour, Nikki remercia Michael de l'avoir emmenée passer ce week-end à la campagne. Elle admirait Mélanie qui arrivait à mener de front sa carrière et son ménage.

– Et vous? demanda Michael d'un ton détaché. Est-ce que le mariage vous intéresse? Et les enfants?

Nikki pensait au fond d'elle-même que si elle

ne pouvait épouser Michael, elle ne se marierait jamais.

– Mon métier passe avant tout. Je me marierai probablement un jour... quand je serai plus vieille.

– Et si votre mari veut des enfants?

Il avait l'air totalement indifférent à sa réponse, beaucoup plus absorbé par la route.

– Peut-être quand j'aurai la trentaine, mentit Nikki, s'efforçant d'imiter le ton nonchalant de Michael. J'engagerai une gouvernante à temps complet pour pouvoir retourner travailler tout de suite.

– Il faudra que je vous présente à quelques-unes de mes riches connaissances, mademoiselle Warren. Il n'a pas fallu longtemps... combien? Sept semaines? pour vous donner des goûts de luxe.

– On m'enlève mon plâtre vendredi, reprit Nikki d'un ton qu'elle essaya de rendre aussi normal que possible; et la sous-location de mon appartement se termine mercredi. Pourrez-vous m'aider à déménager pendant le week-end?

– Je ne serai pas là. Je pars mardi pour la Californie. Je tiens à ce que vous attendiez mon retour. Je veux m'assurer que tout est en ordre.

– Je peux me débrouiller toute seule, je vous assure. J'ai... je n'ai que trop abusé de votre hospitalité.

Heureusement que l'obscurité cachait l'expression de son visage. Elle lui avait fourni l'occasion de lui demander de rester et il n'avait pas l'air de vouloir en profiter.

– Vous voulez vraiment partir, Nikki? N'allez-vous pas regretter... tous les agréments que donnent l'argent?

Non, se dit-elle. C'est lui qui va me manquer. Horriblement. Il lui parut soudain impératif de ne pas retarder l'inévitable.

– Bien sûr, mais il est grand temps que j'assume mes responsabilités. (Elle passa nerveusement sa langue sur ses lèvres.) Michael, je voudrais encore vous remercier... Je vous suis très reconnaissante pour la manière dont...

– Pour l'amour de Dieu, ne recommencez pas avec ça!

Il alluma la radio et un concert de musique moderne remplit la voiture de ses sons discordants.

Nikki était au lit. Elle remuait son poignet encore raide d'un air absent. Elle n'arrivait pas à dormir. On lui avait enlevé son plâtre et son appartement était libre. Rien d'autre n'avait été décidé au sujet de son déménagement, et elle n'avait plus rien à faire chez Michael Cragun.

Elle ne pouvait s'arracher en pensée à cet homme qu'elle aimait. Bien qu'il ait été souvent en voyage, elle avait tout de même passé beaucoup de temps avec lui. Elle avait appris à connaître ses humeurs changeantes et même une fois, à une brève occasion, l'amant passionné qu'il devait être. Ces moments passés dans ses bras la tourmentaient encore.

Le désir qu'elle avait d'être plus proche de lui la submergeait. C'était sa dernière nuit ici. Elle partirait demain pendant qu'il était encore en Californie.

Nikki sortit de sa chambre et entra chez Michael où elle se laissa tomber sur le lit. Mais ce n'était pas suffisant pour sentir sa présence. Elle alla enfiler la robe de chambre que Michael avait laissée accrochée derrière la porte de la salle de bains et serra le col contre son visage. Le parfum dont elle était imprégnée évoquait son image. Enveloppée dans cette robe de chambre comme dans un cocon, elle se pelotonna sur le lit.

Il était parti pour la côte Ouest mardi matin, avant qu'elle soit réveillée, et sans lui dire au revoir. C'était peut-être mieux comme ça. Elle n'aurait pas pu supporter l'humiliation d'éclater en sanglots devant lui. C'est en vain qu'elle avait attendu qu'il lui dise un mot : qu'elle allait lui manquer, ou qu'il voulait qu'elle reste un peu plus longtemps. En toute honnêteté, elle devait bien reconnaître que sa propre attitude, détachée et défensive, ne pouvait guère l'encourager. Il était sans doute très content de se débarrasser d'elle.

Sentant quelque chose dans son cou, elle sursauta. A moitié endormie, il lui fallut un moment pour se rendre compte que quelqu'un était couché à côté d'elle. Elle ouvrit la bouche pour crier, mais une main vint se poser sur ses lèvres et elle entendit une voix familière demander ironiquement :

– Qui est-ce qui dort dans *mon* lit? C'est vous, Blanche-Neige?

Le soleil n'allait pas tarder à se lever. Nikki, qui commençait à s'habituer à cette semi-clarté, distingua Michael allongé sur le lit, torse nu.

Elle lui devait une explication. Elle pouvait difficilement lui dire : « Je vous aime au point d'être venue dans votre lit pour avoir l'impression d'être avec vous. »

– Je n'arrivais pas à dormir, murmura-t-elle. Quelquefois, ça aide de changer de lit...

– Je vois. Et la robe de chambre, ça aide aussi? répliqua-t-il d'un ton railleur.

De toute évidence, il ne la croyait pas.

– J'avais froid, répondit-elle en mentant.

Elle sentait à présent la hanche de Michael contre la sienne. Elle frémit imperceptiblement.

– Je vais voir ce que je peux faire pour vous. Qu'en pensez-vous?

Il rit doucement, puis glissa sur elle, s'appuyant sur un coude pour ne pas lui faire mal. Nikki constata avec soulagement qu'il portait un pantalon de pyjama. Elle ne résista pas. Elle avait trop envie de lui. Michael ouvrit la robe de chambre qu'elle portait et commença à la caresser tendrement. Il ne fit aucun mouvement pour l'embrasser, mais il la regardait fixement tout en dénouant les lacets de sa chemise de nuit. Il la fit remonter de manière à dénuder son corps, puis suivit du doigt les lignes de son cou jusqu'à venir effleurer sa poitrine.

Nikki tremblait de tout son corps. Quand la sensation fut trop forte, elle gémit de plaisir et ferma les yeux, passant ses mains autour des épaules de Michael.

Il lui prit son poignet tout juste guéri et le parcourut de baisers.

– Est-ce que ça va? Je ne voudrais pas vous faire mal encore une fois, dit-il d'une voix rauque.

– Ça va très bien, murmura-t-elle. Ne vous inquiétez pas. Je ne vais pas me casser en mille morceaux!

Quand il se pencha finalement pour l'embrasser, il le fit avec tant de prudence que Nikki, n'en pouvant plus, commença à lui mordiller les lèvres. Elle passa la main dans ses cheveux, l'attira plus près et l'embrassa avec passion.

Michael, le souffle court, oubliant tout, l'empoigna et la fit asseoir sur lui sans ménagement. Les bras emprisonnés sous le corps de Michael, elle ne pouvait qu'obéir à ses désirs.

Jamais elle n'aurait imaginé qu'elle puisse s'abandonner aussi totalement. Elle se plaqua contre lui, prête à obéir sans protester. Fébrilement, elle l'aida à ôter sa chemise de nuit.

Et puis, il s'arrêta net. Il la repoussa, se leva

d'un bond, et alla jusqu'à la fenêtre. Ecartant les rideaux, il regarda fixement les arbres.

Nikki avait les yeux remplis de larmes.

– Michael, qu'est-ce qui ne va pas? Qu'est-ce que j'ai fait? Vous n'avez qu'à m'apprendre, le supplia-t-elle. Je ferai... tout ce que vous voudrez...

La voix de Michael claqua comme un fouet :

– Vous n'avez rien fait de mal. Sortez d'ici tout de suite, pendant que je suis encore capable de vous laisser partir. Allez! Ouste! Dans votre chambre!

– Mais... Michael..., implora-t-elle d'une voix brisée.

– J'ai dit tout de suite! cria-t-il.

Elle s'enfuit et claqua la porte de sa chambre. Elle était stupéfaite par son comportement. Pourquoi l'avait-il repoussée aussi durement? Pourquoi s'était-il arrêté soudainement? Il avait bien vu qu'elle était consentante. Et elle avait beau ne pas avoir beaucoup d'expérience, elle en savait assez pour voir qu'il la désirait. Alors?

Mais à mesure que ses larmes séchaient et qu'elle reprenait son sang-froid, Nikki finit par se dire qu'il avait fait ça pour elle. Il avait succombé à la tentation, comme n'importe quel homme trouvant une femme dans son lit l'aurait fait. Mais heureusement pour elle, puisqu'il ne l'aimait pas, il avait eu assez de décence pour ne pas aller jusqu'au bout.

Elle n'aurait plus jamais le courage de lui faire face : sa conduite ne pouvait lui avoir laissé aucun doute sur ses sentiments. Sortant sa valise du placard, elle la remplit précipitamment. Henry lui apporterait le reste de ses affaires plus tard. Elle enfila un jean, un pull, une veste et descendit l'escalier.

Elle était presque à la porte quand la voix furieuse de Michael la fit sursauter :

– Où allez-vous comme ça? On ne peut pas vous laisser seule cinq minutes!

Sans répondre, elle tourna la poignée de la porte. Mais dévalant l'escalier quatre à quatre, Michael bondit sur elle. Il lui arracha la valise des mains, referma violemment la porte et força Nikki à se tourner vers lui.

– Dès l'instant où nous nous sommes rencontrés, vous vous êtes employée à me faire perdre la tête. Vous me provoquez, vous me rendez fou de désir, mais vous ne m'écoutez jamais quand je vous parle de ce que je ressens, lança-t-il avec rage. (Il la secoua par les épaules.) J'ai peut-être tort, mais je crois connaître un peu les femmes. Je veux que là, devant moi, vous me juriez que vous ne m'aimez pas. J'essaierai alors de vous croire.

Nikki se mit à trembler.

– Ça vous ferait tellement plaisir que je vous le dise? demanda-t-elle avec résignation. Eh bien, oui, je vous aime. Voilà. Vous êtes content? Maintenant, laissez-moi partir.

Il poussa un grand soupir et parut soulagé.

– Je suis surpris qu'une fille intelligente comme vous puisse être si stupide par moments! fit-il tendrement. Est-ce que vous n'avez pas compris maintenant à quel point moi aussi je vous aime?

Nikki, pas encore convaincue, murmura :

– Non. Le week-end dernier, vous n'aviez qu'une hâte : vous débarrasser de moi. Et ce soir, vous m'avez chassée!

– Pour l'amour de Dieu, Nikki, croyez-vous que je n'ai pas envie de vous, moi aussi? La dernière fois, j'ai eu peur de vous casser le poignet. Et ce soir... j'ai pensé tout à coup que je risquais de vous mettre enceinte. Vous savez comment se font les bébés, non? demanda-t-il d'un ton moqueur.

Sa réflexion était si drôle, étant donné les circonstances dans lesquelles ils s'étaient connus, que Nikki éclata de rire. Michael fut gagné par son fou rire.

– Vous avez raison, fit-il, toujours riant. C'est un retour poétique des choses...

Il la prit par le bras et l'entraîna dans son bureau. Nikki s'assit sur le canapé. Michael ouvrit son coffre-fort et en tira un écrin de satin qu'il lui tendit.

– Ouvrez.

Une magnifique bague sertie d'un diamant et de petites émeraudes se trouvait à l'intérieur.

– Nikki, commença-t-il, allons à Las Vegas... et puis après à Hawaï... si vous êtes d'accord.

Elle ne l'avait jamais vu aussi nerveux.

– Vous n'oubliez rien? demanda-t-elle d'un air malicieux.

Il parut d'abord sincèrement étonné. Puis il eut un éclair :

– Ah oui! Le collier et les boucles d'oreilles!

– Quel animal! s'écria-t-elle exaspérée. Non, je veux dire, vous pourriez au moins me demander en mariage!

Il secoua la tête.

– Je croyais l'avoir fait.

Il s'assit à côté d'elle et, prenant son visage entre ses mains, il lui dit :

– Epouse-moi, Nikki. Je t'aime un peu, beaucoup, à la folie.

Il parcourut son cou de baisers et posa enfin ses lèvres sur les siennes.

– Satisfaite? demanda-t-il. (Changeant soudain de ton, il prit un air grave.) Pardonne-moi de t'en avoir fait voir de toutes les couleurs, mais jusqu'à ce soir, j'ai vraiment cru que tu n'avais pour moi qu'une attirance physique. Quand je t'ai trouvée dans mon lit avec ma robe de chambre, j'ai compris que tu ne te serais pas conduite de façon aussi sentimentale si tu ne m'aimais pas. Et après, quand je te tenais dans mes bras, je l'ai lu dans tes yeux...

– Mais pourquoi m'as-tu renvoyée? insista Nikki.

– Je te l'ai dit. Parce que tu m'as expliqué que tu ne désirais pas avoir d'enfant pour l'instant. Mais quand tu te sentiras prête, il faudra me le dire, mon ange. Moi j'aimerais beaucoup en avoir, mais je ne veux pas te forcer.

– C'est bien la première fois que tu manifestes tant de scrupules, fit-elle en plaisantant. Il se trouve que, justement, j'adore les enfants... et surtout ceux que nous allons avoir ensemble. Et puis, même si je ne voulais pas... (Elle se pelotonna contre lui et continua :) Je ne comprends pas pourquoi tu ne m'as jamais rien dit. Dernièrement, tu m'as traitée comme une petite sœur. J'ai vraiment cru que je ne représentais rien d'autre pour toi...

– Une petite sœur, voyez-vous ça! lança-t-il. A chaque fois que j'ai essayé de te montrer ou de te dire ce que je ressentais au fond de moi, tu refusais de me croire. J'ai pensé qu'il fallait te laisser le temps de me connaître. Je voulais sortir avec toi, te faire la cour. Tu trouves peut-être ça trop démodé? En plus, avec ce bras dans le plâtre... Ton petit jeu m'amusait bien, mais tu m'as rendu la vie impossible. J'en devenais fou à la fin.

Nikki n'en avait pas encore assez entendu. Elle voulait savoir en détail tout ce qu'il avait ressenti, depuis le début.

– Le soir de la réception, j'ai... j'ai surpris ta conversation avec Elianna. Vous vous étiez disputés à propos d'enfants?

– Tu nous écoutais, petite curieuse! dit-il en souriant. Essaye encore une fois et je t'attache sur le lit pour faire violence à ton corps pur et innocent.

– C'est promis, Michael? murmura-t-elle.

– Absolument, répondit-il en lui faisant un clin d'œil.

– Alors, Elianna?

– Elle est froide et égoïste, mais avec... des

compensations. Incapable de fidélité cependant. Au fait, j'étais au courant de son aventure avec le chef d'orchestre. Elle voulait faire un riche mariage, voilà tout. Quand elle a essayé de me contraindre à l'épouser, j'ai mis en avant que je voulais surtout avoir des enfants. Elle m'a répondu que si je cherchais une machine à faire des bébés, je n'avais qu'à mettre une petite annonce. C'était un défi qui ne manquait pas de piquant. L'idée a chatouillé mon sens de l'humour et j'ai chargé Charlie de l'affaire.

– Tu lui as dit que j'étais ennuyeuse... remarqua Nikki d'un air boudeur.

– Quoi?

– Oui, tu lui as expliqué qu'un certain type de femme t'ennuyait à mourir et... je ne suis pas restée pour écouter la suite.

– C'est pour ça que tu as été odieuse toute la semaine? demanda-t-il avec incrédulité.

Nikki approuva de la tête, les yeux brillants de curiosité.

– Tu n'aurais pas dû te sauver. J'ai déclaré à Elianna que les femmes jalouses et querelleuses étaient profondément ridicules – et qu'elle n'avait qu'à bien se tenir – après tout je ne l'avais pas invitée ce soir-là – sinon je la flanquais à la porte. Je lui ai dit aussi que je ne voulais plus jamais la revoir – sauf sur la scène.

– Mais, vous veniez juste de passer le week-end ensemble, lança Nikki amèrement.

– Jalouse?

– Je ne devrais peut-être pas l'avouer, mais j'en étais malade. C'est là que j'ai compris que j'étais vraiment amoureuse de toi. Et toi qui viens juste de me dire que tu ne supportais pas les femmes jalouses...

– Dans ton cas, je vais être obligé de faire une exception. J'avais envie de tordre le cou de Martens quand je vous ai trouvés ensemble. (Il l'embrassa dans le creux de la main.) Après notre bagarre et ton fameux coup de genou, j'ai tout fait pour regagner ta confiance. Toute cette histoire de grand frère protecteur, c'était des contes à dormir debout. Je ne sais pas très bien ce que je voulais que tu sois, mais certainement pas ma petite sœur!

– Et moi qui ai tout avalé! Tu es un vrai démon, Michael!

– Ne sois pas trop méchante, mon ange. J'ai été bien puni. Je ne voulais pas admettre que j'étais amoureux de toi. Ce week-end avec Elianna, je crois que c'était pour te rendre jalouse. Mais tu as été bien vengée.

Nikki regarda Michael, essayant de comprendre ce qu'il voulait dire. A sa grande surprise, elle le vit rougir.

– Eh bien, continue, dit-elle fascinée.

– Quand tu as mis ce serpent dans mon lit et que tu m'as fait le numéro de l'oncle Michael, j'avais l'intention de passer la nuit avec Elianna. Je voulais me prouver que tu n'étais rien pour moi. Mais quand j'ai fermé les yeux, c'est ton visage qui m'est apparu, pas le sien... Et je n'ai pas pu...

Il s'interrompit brusquement.

– Pas pu quoi? demanda Nikki avec un sourire.

– Je n'ai pas pu, tout simplement! Ça ne m'était jamais arrivé avant. Je l'ai raccompagnée chez elle au bout de vingt minutes. Je sais bien que je n'ai plus dix-neuf ans, mais tout de même...

– Tu l'avais bien mérité, répliqua-t-elle satisfaite. Et si tu veux tout savoir, je suis enchantée que mon stratagème ait aussi bien réussi.

Pour toute réponse, Michael l'attrapa et commença à la caresser et à l'embrasser jusqu'à ce qu'elle gémisse de plaisir et se plaque contre lui. Alors, il la repoussa brutalement et grommela :

– Finie la comédie! Maintenant tu sais ce que j'endure depuis six semaines. Pourquoi crois-tu que j'ai autant voyagé? Je voulais te donner la bague et le collier à mon retour de Californie, lundi soir. C'est pour ça que je t'avais demandé de m'attendre. Et puis toute la journée du samedi j'ai pensé à toi. Ma patience était à bout. J'ai pris l'avion de la compagnie et je suis rentré à New York. Pendant tout le voyage, j'ai essayé d'imaginer comment j'allais te convaincre de m'épouser. Oh! Je savais que je pouvais te séduire à n'importe quel moment, Nikki, lui dit-il brusquement. Mais ce n'était pas ce que je voulais. Dès le début j'aurais pu t'amener à partager mon lit. Seulement, j'avais le sentiment que tu me détesterais, après. Cette idée m'était insupportable.

– Mais, dans la voiture... le jour de l'accident...

– Tu m'avais poussé à bout. Mais quand j'ai vu cette expression sur ton visage, j'ai compris que j'étais amoureux. Et puis l'accident... (Il secoua la tête.) Six semaines de perdues!

Nikki avait une dernière question.

– Michael, pourquoi t'es-tu donné tout ce mal... je veux dire au début? Tu avais bien vu que je n'étais pas d'accord.

– Tu m'as intrigué avant même que je te connaisse : j'avais chargé toute une équipe d'enquêter sur toi. Et quand je t'ai enfin rencontrée, je ne voulais plus te laisser partir. Je suppose que c'était aussi un jeu. Ça ne m'est pas très agréable de le reconnaître, mais j'éprouvais un certain plaisir à te manipuler. J'en avais tellement assez des filles riches et égoïstes. Toi, tu étais jeune, belle et vulnérable. Et ce qui me fascinait, c'est que tu me résistais. C'était un défi. (Il continua, l'air coupable :) Cela m'excitait de te faire faire ce que je désirais. De jouer au chat et à la souris; je savais que tu te sauverais en revenant de Floride. J'ai savouré mon plaisir, prenant mon temps pour t'obliger à revenir. Je ne sais pas si j'aurais mis mes menaces à exécution. J'espère que non...

Il commença à jouer avec les cheveux de Nikki d'un air absent, puis il reprit doucement :

– Après l'accident, je t'ai avoué que c'était un coup monté et que je me sentais coupable, mais tu ne m'as pas laissé t'expliquer ce que j'ai ressenti quand je t'ai vue là, avec du sang partout... J'attendais l'ambulance, et je restais là, te tenant dans mes bras, souhaitant être à ta place et comprenant enfin combien je t'aimais. Quand, après, j'ai essayé de te le dire, tu ne m'as pas cru. En fait, je crois que je t'ai aimée presque depuis le début, depuis la Floride. C'est pourquoi j'étais déterminé à ne pas te laisser partir. Mais après l'accident, je me suis figuré que tu devais me haïr...

Son visage avait pris une expression douloureuse comme s'il se souvenait du choc, et du sang...

– Nikki, je...

Elle lui cria brusquement :

– Stop!

Livide, il la dévisagea.

– Est-ce que tout ça était une sorte de revanche? Je ne comprends pas...

– Monsieur Cragun, coupa-t-elle froidement, taisez-vous et faites ce que je vous dis. Montez dans votre chambre. Tout de suite!

Son air anxieux fut balayé par un sourire.

– A vos ordres, madame, répondit-il, obéissant.

– Tu sais, reprit-elle en le taquinant, l'idée de porter ton enfant n'est pas pour me déplaire. Pourquoi pas dès maintenant, Michael?

Il l'embrassa sur le nez, la prit dans ses bras et monta avec elle l'escalier.

9

PATTI BECKMAN

Le vagabond et le milliardaire

Garry McPhail, ce jeune milliardaire texan,
a eu l'audace de kidnapper Harriet
dans son avion particulier : il veut
lui faire goûter aux joies d'une vie de luxe.
Dans son immense ranch, il lui offre un cheval,
une garde-robe de chez Dior, des dîners
extravagants sur ses pétroliers où
l'on accède par hélicoptère...

Mais Harriet hait Garry, parce qu'elle hait
l'argent qui lui a enlevé sa mère, qui corrompt
tout, qui peut tout acheter... sauf l'amour.

Le cœur brisé, elle pense à ce vagabond
qu'elle a rencontré sur la plage,
à la stupéfiante séduction de ce Viking
sorti des flots, le teint bronzé, les yeux bleus
comme l'océan... Et elle tremble encore au souvenir
du baiser passionné qu'il lui a donné...

10

DONNA VITEK

Sortilèges à Capri

– Qui êtes-vous ? Quel âge avez-vous ?
Je veux toute la vérité !

De malentendu en malentendu, Lauren,
journaliste débutante, s'est laissée entraîner
de San Francisco à Rome, puis à Capri.
Sans trop savoir comment, elle se retrouve
déguisée en vieille dame de compagnie
d'une petite fille bien difficile...

Pas si difficile pourtant que son oncle,
Marco Cavalli, brillant et séduisant photographe,
qui croit l'avoir percée à jour et veut
le lui faire payer cher.

Mais la vérité est beaucoup plus simple
et beaucoup plus douloureuse : Lauren,
la sage et raisonnable Lauren, ne brûle pas
d'espionner Marco, elle brûle de lui appartenir...

12

TESS OLIVER

Au jardin de mon cœur

– Vous êtes un monstre!

Burt Ramsey se croit-il au moyen âge?
Sous prétexte que Sarah est son employée,
se prend-il également pour son Seigneur
et Maître? Qu'attend-il pour épouser Vivica
et la laisser tranquille?

Elle qui était si heureuse d'avoir
trouvé à exercer le métier de ses rêves,
dans ce merveilleux domaine de Californie!

Maintenant, le cœur serré, Sarah
soigne ses fleurs, obsédée par le souvenir
de ce qu'elle a ressenti lorsque Burt
l'a serrée contre lui...

Ne lui a-t-il pas dit un jour
qu'elle avait l'éclat d'une rose? Burt
serait-il, en plus, un abominable hypocrite?

Déjà parus

A paraître

Achevé d'imprimer
sur les presses de l'imprimerie Brodard et Taupin
7, Bd Romain-Rolland, Montrouge.
Usine de La Flèche,
le 25 septembre 1981
6095-5 Dépôt Légal 3e trimestre 1981
ISBN : 2 - 277 - 80011 - 2
Imprimé en France

31, rue de Tournon, 75006 Paris

diffusion
France et étranger : Flammarion, Paris
Suisse : Office du Livre, Fribourg
Canada : Flammarion Ltée, Montréal